無職轉生

到了異世界就拿出真本事

⑯

理不尽な孫の手

Rifujin na Magonote

Kadokawa Fantastic Novels

人物介紹
魯迪烏斯
艾莉絲
雷歐
洛琪希

奧爾斯帝德
希露菲葉特
路克

「好，來吧！」
「汪～～～！」

無職轉生 ⑯

到了異世界就拿出真本事

理不尽な孫の手
Rifujin na Magonote
插畫：シロタカ

Kadokawa Fantastic Novels

無職轉生～到了異世界就拿出真本事～⑯

CONTENTS

「與其辱罵，不如給予喝采。」

People wish for the king who can shower cheer.

著：魯迪烏斯・格雷拉特

譯：金恩・RF・馬格特

第十六章

青年期 阿斯拉王國篇（前）

第一話「首次任務」

上集為止的前情提要！

我遭到人神欺騙，差點就跌落人生的深淵。

不過後來發生了許多事，害我得跟奧爾斯帝德戰鬥，最後還莫名成了他的部下！找到工作嘍！

而且，我再次與艾莉絲重逢，還跟她結了婚！人生的春天到來啦！

在這風光明媚的春日陽光下，我和艾莉絲結為連理，無論身心都感受到春天到來。

雖說實際上已經算是夏季，但我的季節卻是真正的春天！

所以我帶著愉悅的心情前去工作現場，地點是奧爾斯帝德所在的小屋。

今天去的就真的只有我一個。畢竟獨自面對工作才稱得上男人。

不過我家基本上算是雙薪家庭，找別人一起去也是無妨……

但其他人會因為奧爾斯帝德身上的詛咒而對他湧起敵意，所以果然還是我一個人就好。

「嗯？」

我抱著這樣的想法來到小屋前面，卻發現有人倒在小屋的外面。

居然會倒在這種地方，到底是誰……

「……什麼！」

是札諾巴。札諾巴死了。

「不會吧……！」

他靠在將近三公尺大的金屬塊上，仰躺著倒在地上。

我慌張地衝了過去，把手放在他的肩上搖了幾下。

「喂！不會吧，札諾巴……喂！」

脈搏──還在。

瞳孔──會動。

呼吸──還有。

體溫──正常！

不管怎麼看──他都還活著！

是我誤會了。他沒有死，只是睡著而已嗎？

「呼……嚇我一跳……」

害我差點大喊一聲「Jesus」。

不過話說回來，這傢伙為什麼睡在這種地方？再怎麼說，你應該要有王族的樣子，在柔軟

的床上睡覺吧……都已經一把年紀了。

當我正鬆了一口氣時，奧爾斯帝德從小屋中走了出來。

「魯迪烏斯，你來了啊。」

「啊，是！我剛到。」

奧爾斯帝德瞪大雙眼，來回看著我和札諾巴。

「昨晚，札諾巴·西隆帶著那個來找我。」

「那個？」

「就是你使用過的鎧甲。」

他的視線落在札諾巴靠著的金屬塊……啊，仔細一看，那具殘骸不就是魔導鎧（Magic armor）嗎？因為被分成零件，所以剛剛一時沒有發現。話說起來，在跟札諾巴報告我活著回來的時候，有提到壞掉的鎧甲被我丟在原處，然後他說近期內會來拿。

「所以你們不期而遇，就打起來了嗎？」

「嗯。」

想必札諾巴也沒料到奧爾斯帝德會在這裡吧。

雖然我應該先知會他一聲，實在沒想到他這麼快就來拿了……

算了，既然乍看之下沒有外傷，想必奧爾斯帝德也有手下留情。

「他在倒下前一路爬到這裡，還說絕對不會把這副鎧甲交出去，一定得帶回去給你。看來他很仰慕你啊。」

「札諾巴！」

我不由自主地衝向札諾巴，對他施加治癒魔術。

由於他沒有外傷，這舉動有點多餘，但我希望他現在至少能安心地睡一覺。

是說，把人打倒後就把他丟在這不管，奧爾斯帝德也真是不留情面。

「請問，他應該有辦法清醒吧？」

「我用奴卡族相傳的催眠魔術讓他睡著了。過幾個小時自然就會清醒。」

這樣啊，原來是催眠魔術。會是什麼樣的魔術啊？實在令人好奇。

是不是能夠自由自在地操控對方呢？

比方說，如果我對希露菲下令要她「把裙子掀起來」，她是否也會乖乖照辦呢？

不對，就算不用什麼催眠她也肯定會配合。

是說，要讓希露菲掀起裙子，得先讓她穿上才行。

迷你裙很不錯啊。希露菲一定很適合妖精穿的那種迷你裙。

……算了，如果能自由自在操控對方，奧爾斯帝德應該會更常使用才是。

我想充其量只能讓對方睡著而已。

「進來吧，繼續講昨天那件事。」

奧爾斯帝德這樣說完後，直接走入屋內。

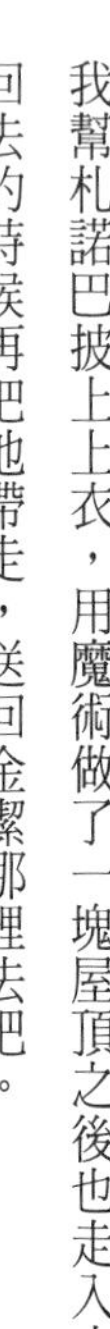

我幫札諾巴披上上衣，用魔術做了一塊屋頂之後也走入小屋裡面。

回去的時候再把他帶走，送回金潔那裡去吧。

★★★

「那麼，馬上切入正題吧。」

聽到奧爾斯帝德這句話後，我走向桌子旁就座。

奧爾斯帝德從懷裡取出了日記，輕輕地放在桌上。

「這本日記非常耐人尋味……雖說我對時間移動魔術的術式頗有興趣，但既然無法重現，目前還是暫時放到一旁吧。」

「是。」

「有幾個點讓我在意……不過在提及日記的內容之前，你先把至今為止和人神之間進行了什麼樣的對話，一五一十地吐出來吧。」

「我很樂意。」

如此這般，我一邊回想至今為止的回憶，同時將和人神的相遇以及之後發生的事情全盤托出。

目前為止，我夢見人神的時間點是在……

轉移之後。

利卡里斯鎮。

西部港。

東部港。

差點被奧爾斯帝德殺死後。

進入魔法大學就讀前。

前往貝卡利特大陸前。

來自未來的我出現前。

來自未來的我出現後。

準備和奧爾斯帝德決鬥的期間。

總共十次。

我把人神要我做什麼，這個結果又導致後來發生了什麼事，將一次一次的經過鉅細靡遺地告訴奧爾斯帝德。

轉移之後。他要我依靠瑞傑路德，結果我成為了冒險者。

在利卡里斯鎮。他要我接下尋找寵物的委託，結果認識了賈利爾和威絲凱爾，最後被趕出鎮上。

在西部港。他要我帶著食物去小巷探索，結果我遇見了魔界大帝，得到魔眼。

在東部港。他讓我看到預言，要我前往西隆。結果我認識了札諾巴，救出了愛夏和莉莉雅。差點被奧爾斯帝德殺死後。並沒有收到什麼建議。

進入魔法大學就讀前。他要我進入魔法大學就讀，在那裡調查轉移事件。結果我和希露菲重逢，結為連理。

前往貝卡利特大陸前。他要我別去貝卡利特大陸。沒有聽從他建議的結果，導致保羅死去，塞妮絲變成廢人，和洛琪希結婚。據人神所說，若是我不去的話保羅就能順利生還。

來自未來的我出現前。那傢伙要我去一趟地下室。當我打算去的瞬間，來自未來的我出現，他告訴我這麼做會有什麼後果。而地下室確實有老鼠存在。

來自未來的我出現後。他一臉不悅地出現，要我殺了奧爾斯帝德。我聽從他的指示，為了殺死奧爾斯帝德進行準備。

準備期間。那傢伙把優化鎧甲的方法以及其他雜七雜八的事情，滔滔不絕說了一堆。結果讓我提早完成了魔導鎧。

「……」

奧爾斯帝德靜靜地聽著我說著這些話。

沒有出聲附和，也沒有提出質疑，只是靜靜地聆聽。

「——以上。請問能看出什麼嗎？」

聽到我開口提問，奧爾斯帝德點了點頭。

「嗯。我已經明白那傢伙操控你的目的是什麼了。」

喔喔。真的嗎？真不愧是奧爾斯帝德。

「那傢伙正在利用你改變歷史。」

「哦，改變歷史？」

「他改變了原本不可能會有變化，被強大命運註定的歷史。」

「……是因為我的命運很強嗎？」

「沒錯。」

看來，我的 Destiny Power 甚至可以改變歷史。

「可是，如果奧爾斯帝德大人有那個意思，應該也能改變歷史對吧？」

「嗯。」

奧爾斯帝德點頭回應，同時輕敲放在桌上的日記。

「但我無法理解的是，人神為何要這麼大幅度改變歷史。」

「不正是因為他不想讓自己被殺嗎？」

「不要完全相信那傢伙的話。」

「啊，是。」

也對，畢竟他也有可能說謊。

「不管怎麼樣，有一件事是可以確定的。」

「請問是什麼呢？」

「一旦歷史照這樣變化下去，肯定會構成對那傢伙有利的未來。」

「原來如此。」

奧爾斯帝德稍做停頓後這樣說道：

「因此，你要讓歷史變化為對我有利的未來。」

不是要回歸原樣啊。也對啦。畢竟還沒發生的事情算不上歷史。

所謂歷史，是要靠自己創造的。

「感覺很拐彎抹角呢。」

「我已經著眼在一百年後並展開行動。至今為止的事，還有今後的事，都是為此所做的布局。只是因為你和七星的影響，讓這個行動有了誤差……」

一百年後啊。畢竟他好像從很久以前就在行動了，事到如今也不可能再變更計畫吧。

「請讓我確認一下，我們不可以現在就去人神那裡，兩個人聯手打倒他嗎？」

「只要還沒蒐集到祕寶，就無法到達人神的所在之處。」

「沒辦法現在就馬上收集到對吧？」

「有辦法收集到四個，但是最後的祕寶在拉普拉斯手上。他要從現在算起約八十年後才會復活……回收祕寶這件事由我處理。你不許自作主張。」

當然不會啊……畢竟我根本不知道祕寶在哪。

我記得日記上寫說，祕寶是由五龍將個別持有。

但是，我只知道甲龍王佩爾基烏斯目前在哪。

嗯？不過仔細想想，狂龍王卡奧斯已經死了，這樣不會很傷腦筋嗎？

「我聽說狂龍王卡奧斯已經不在人世，這樣沒有問題嗎？」

「卡奧斯那份我已經回收了。」

原來如此，所以他已經先處理好了。

「可是，我們打算讓未來產生變化這件事，說不定也在人神預測的範圍之中。」

「嗯？」

「我們像這樣採取行動，到頭來會不會也有可能是在自掘墳墓呢？」

「不可能。那傢伙有強力的未來視，另外還很有可能擁有被這個世界的生物無條件信賴的特性……因此，他反而不擅長應付突發狀況。」

是這樣啊。原來人神也有詛咒……

不對，他哪有受到信賴。像我就根本不信任那傢伙……

等等，奧爾斯帝德的詛咒對我不管用。換句話說，人神的詛咒也對我沒用嘍？

人神在和我對話的時候，感覺也不是那麼順利。

不對，到了最後，我應該也算滿相信他所說的話了。

這表示詛咒並非完全沒效嘍？

難道說，我以後也有可能會畏懼奧爾斯帝德？

不對，奧爾斯帝德的情報不一定正確。人神受到這世界的生物無條件信賴這件事本身也有可能是錯的。

但講著講著，就越來越搞不懂什麼才是正確的了。還是別想了吧。

「就算他不擅長預判情勢……這樣我們能贏嗎？」

「能贏。」

奧爾斯帝德直接如此斷言。

「那傢伙並非萬能，只差一步了。」

這句話並非是對我所說的。

奧爾斯帝德這句話就像是在說給自己聽的。

他認為自己絕對會贏。

就算途中居於劣勢，但是到最後依舊會獲得勝利，他讓我見識到這樣的氣概。實在令人信賴。

「眼前的第一步，就是改變即將發生的歷史。」

「即將？」

「沒錯。」

奧爾斯帝德接下來如此宣言：

「要讓阿斯拉王國第二公主，愛麗兒·阿涅摩伊·阿斯拉，當上阿斯拉王國的女王。」

「喔喔！」

換句話說，就是要當愛麗兒的後盾。

很好。我也正打算幫忙愛麗兒。

如果這是第一份工作，那我可是求之不得。能進這間公司真是太好了。

「視情況得將她作為傀儡操控。」

「哦哦？」

傀儡？怎麼又冒出了給人黑心印象的單字啊。

與其說要當她的後盾，這樣反而更像幕後黑手……果然很黑暗嗎？這裡是黑心企業嗎？

「我們有辦法這麼輕易就操控那個愛麗兒大人嗎？」

「說是傀儡，但其實不需要那麼小題大作。目的只是要在將來有一條和阿斯拉王國聯絡的管道。」

「原來如此。」

他說的將來，是指著眼在百年後所採取的行動吧。

就算只是小事，只要趁現在踏實去做，就能在百年後拿出成果。

舉例來說，像是讓阿斯拉王國加強魔術方面的研究之類、事先增強軍備之類、埋下導致王國崩壞的導火線之類。

「這樣做沒有問題嗎？」

「沒問題。據我所知的歷史，原本就是會由愛麗兒登上王位。」

「哦，請問我可以詳細詢問那個歷史的事嗎？」

「好吧。」

奧爾斯帝德點頭答應，開始敘述：

「在原本的歷史上，愛麗兒·阿涅摩伊·阿斯拉會成為女王。這件事被非常強大的命運守護……是確定事項。」

「但是看到現在的愛麗兒大人，實在讓人無法這麼想。」

「我想也是。」

最近的愛麗兒在走下坡。

就我觀察，可以明顯看出她找佩爾基烏斯幫忙一事遲遲沒有進展。

或許是因為這樣，連希露菲也總是忙碌地四處奔波。

雖說她有在努力，但是看起來很難成功。

「愛麗兒要成為女王，必須仰賴三名人物的力量。其中一人，就是守護術師迪利克·雷特巴特。」

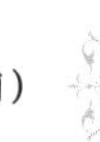

守護術師迪利克。

我記得是在希露菲之前擔任愛麗兒護衛的魔術師。好像是因為轉移事件而死了吧？

「他是個很有本事，志向很高的男人。即使沒有發生轉移事件，愛麗兒也註定會邂逅佩爾基烏斯。而在那個狀況下說服佩爾基烏斯的人，就是迪利克。」

意思是那個迪利克如果還活著的話，就不會演變成現在這種狀況嘍？

「迪利克後來也成為愛麗兒的顧問大放異彩，最後還當上了宰相。」

宰相啊，那的確是重要人物。

「這麼關鍵的人，卻因轉移事件而死了嗎？」

「沒錯。他原本應該被強固的命運守護著才對……但卻死了。」

或許所謂的命運也並非可以完全影響未來。

我雖然有著強大的命運，看來也別太過相信這樣就能免於一死。

「既然如此，我們是不是最好去尋找替代的人選？」

「不，假使要操控她的話，宰相反而是個阻礙。沒有這個必要。」

「沒有宰相的話，愛麗兒有辦法順利當上女王嗎？」

「由於愛麗兒來到魔法都市夏利亞，導致手邊的人材起了變化。沒有問題。」

那就好。畢竟要是漫無目地行事，感覺會自食其果。

算了，至少他沒有要我當宰相。畢竟我根本沒有那個本事。

「第二個人，是艾莉絲·伯雷亞斯·格雷拉特。」

「是艾莉絲？」

她們之間會有什麼關係？

她頂多只是阿斯拉貴族，和愛麗兒之間應該沒什麼往來才對。

「艾莉絲原本的命運是因為劍術本領而被招攬進阿斯拉騎士團。後來在那裡和路克相遇，並和他結婚。」

「噢…………」

這件事讓我感覺胸口刺痛了一下。

「呃，我完全沒辦法想像艾莉絲會和路克結婚的未來。」

「是路克對她一見鍾情。」

「真的假的？」

路克是那個嗎？勇者的後代還是什麼嗎？

不對，如果是現在的艾莉絲，就算對她一見鍾情也很正常。

畢竟她長相漂亮，胸部也很大，就算有人被外表輕易欺騙也完全不足為奇。

「無論被揍多少次，路克·諾托斯·格雷拉特依舊鍥而不捨地追求，最後艾莉絲·伯雷亞斯·格雷拉特也妥協了。不過他們在婚後是一對感情要好的夫妻。」

哦～感情要好的夫妻啊。

嗯～唉～……因為只要和艾莉絲深交，就會發現她也是有可愛的地方嘛……

可是，這種感覺就好像自己被戴了綠帽。

好，回去之後，就從艾莉絲背後狂揉她胸部吧。

雖然肯定會被揍，但沒關係，做任何事都需要付出代價。

如果能揉那對胸部，就算要我罹患拳擊痴呆症也無所謂。

「這件事對你來說，想必不是什麼有趣的話題吧。」

「嗯，確實是這樣。」

「這樣啊。那麼，我就簡單扼要地說明吧。」

我才不管其他歷史。路克和艾莉絲結為連理的歷史根本不存在。

在現在的歷史，艾莉絲大人愛的就只有在下小弟我。艾莉絲大人是屬於小弟我一個人的。

「我所知的艾莉絲·伯雷亞斯·格雷拉特並沒有現在這種實力，但卻是隱藏著成為劍聖級劍術才能的劍士。她家境良好，外表美麗，缺點是個性過於火爆，因此被稱為紅獅子。」

紅獅子啊。我記得艾莉絲以前好像是被稱為山猴之類。她的名號變得還真是響亮啊。而現在是叫狂犬……呃，結果還是野獸。

「艾莉絲和路克聯手，數次從暗殺者手中保護愛麗兒，協助她踏上成王之道。」

「就是希露菲現在的立場呢。」

「沒錯。」

「……請問在那個歷史當中，希露菲是過著什麼樣的生活？」

雖說沒有關係，但姑且還是問一下。

「希露菲葉特拜洛琪希・米格路迪亞為師，成為了冒險者。由於那頭綠髮讓她有些遭到他人排擠，但最後攻略了好幾座知名迷宮，成為了全世界屈指可數，遠近馳名的迷宮探索者。」

「喔喔。」

希露菲真了不起。不愧是我的希露菲。回去後狂舔她的耳朵吧。

「那個，請問希露菲是和誰結婚？」

「我說這些不是為了滿足你的好奇心。」

奧爾斯帝德正顏厲色地這樣駁斥。對不起……

看到我沮喪的神情，奧爾斯帝德嘆了口氣，並用一副傷腦筋的口氣這樣說道：

「據我所知，希露菲葉特和洛琪希・米格路迪亞並沒有和任何人結婚，生涯都是單身終老。」

「原來如此，謝謝您。」

這樣啊這樣啊。洛琪希和希露菲都是單身啊。哎呀~那兩個人是只屬於我的東西啊。該怎麼說，真令人開心。尤其是在聽到艾莉絲會和路克結婚這件事後更讓我有這種感覺。

這就是所謂的獨占欲吧？那兩個人是本大爺的，絕對不會交給任何人。

「你還想聽其他家人的歷史嗎？」

「不，先言歸正傳吧。」

我是想聽，但既然是我不存在的世界，就算聽了也沒有什麼意義。

那麼，最好還是只聽必要的部分，好奇心滿足到這裡就行了。

「所以，現在變成希露菲代替了艾莉絲原本的位置，是這樣沒錯吧？」

「嗯。愛麗兒還活著證明了這件事。而且，由於艾莉絲追隨愛麗兒，使得菲利普．伯雷亞斯．格雷拉特以及紹羅斯．伯雷亞斯．格雷拉特等人物也決定加入第二公主的陣營。」

唔，又是死人啊。菲利普和紹羅斯已經不在人世。考慮到那兩人原本會成為愛麗兒的伙伴……現在的狀況該不會相當嚴苛吧？

「那麼，第三個人呢？」

「是朵莉絲堤娜．帕普爾荷斯。」

朵莉絲堤娜．帕普琳？她是哪位？（註：出自《艦隊Collection》赤城對烈風說的台詞）

「朵莉絲堤娜是阿斯拉上級貴族帕普爾荷斯家的子女，在八歲時遭人綁架，變成大流士．席爾巴．賈尼烏斯上級大臣的性奴隸。」

大流士．席爾巴．賈尼烏斯。

我記得是阿斯拉王國現在最有權有勢，放蕩不羈的大臣。

好像是第一王子派來著吧？居然把八歲小孩當作性奴隸，這興趣真令人無法苟同。

「朵莉絲堤娜差點就私下遭到處分，但是她運氣不錯，被愛麗兒所救。就算是上級大臣，監禁了帕普爾荷斯家的子女好幾年，也免不了遭到彈劾。結果導致上級大臣垮台，第一王子格拉維爾也因此失去勢力。」

第一王子的名字叫格拉維爾。好，記下來吧。

「原來如此，那麼，現在歷史的朵莉絲堤娜呢？」

「下落不明。」

「意思是她還沒死？」

「不，大流士的習慣是一旦發生事件，就會二話不說湮滅手邊的證據。性奴隸會直接被處理掉，死亡的可能性很高。」

「那麼，似乎把她視為已經死亡比較妥當呢。」

「不過，大流士底下負責管理小孩的人，有時會將必須處分的奴隸賣到市場賺錢。這樣的女人基本上會被其他人買下繼續當奴隸，假如對象尚未成人，也有可能灌輸技術，指導她成為盜賊。」

此時，奧爾斯帝德輕輕地敲了我的日記。

「我在意的，是這本日記上出現的那名叫朵莉絲的女盜賊。」

朵莉絲。我記得是日記裡面的我在入侵阿斯拉王國時遇見的女盜賊。

但是關於她的事情在日記裡也沒有詳細提及……

「可是朵莉絲這個名字，在阿斯拉應該很常見吧？」

像艾什麼的還是朵什麼的，在阿斯拉有各式各樣的松鼠存在。（註：莉絲日文音同松鼠）

「嗯，但據我所知，那一帶並不存在名為朵莉絲的女盜賊。況且朵莉絲堤娜和日記上的女盜賊有部分特徵吻合。」

啊，原來如此。日記中出現了連知曉歷史的奧爾斯帝德都不知道的人物。

何況連名字也很相像，說不定是同一個人。

不過話說回來，朵莉絲堤娜，還有朵莉絲。如果她們是同一個人的話，是為了容易叫名字才只留下朵莉絲嗎？感覺就像是神隱什麼的。（註：《神隱少女》中湯婆婆為了方便叫千尋的名字，要她改名叫千）

「那麼，我們只要掌握到那名人物，就可以讓上級大臣下台了對吧？」

「畢竟她是活生生的證人。」

那麼，如果要讓愛麗兒當上女王，就勢必得和她接觸才行。

「為什麼她不回老家呢？」

「因為綁架只是檯面上的說詞，正確來說，朵莉絲堤娜是在檯面下被帕普爾荷斯家賣給大流士。」

「既然是老家賣的，那就算揭發飼養性奴隸的事實還能讓他下台嗎？」

「因為表面上的說詞是遭到綁架。再者，只要能作為攻擊的名目怎樣都行。」

原來如此。因為大流士也樹敵不少，對方是誰、其中有什麼細節都無關緊要。

只要掌握上級貴族的女兒遭人誘拐，甚至被粗暴地侵犯的這個事實，要讓大流士下台就並非難事。

「真是麻煩的國家呢。」

「嗯。但也正因為盡是這種貨色，阿斯拉才得以掌握這個世界最大的權力。就算扣掉居住在富裕土地的先天條件也是。」

雖說這是偏見，但是在內部盡是扯彼此後腿，反而讓阿斯拉擅於和其他國家交涉。

「不管怎麼樣，只要有朵莉絲堤娜在，就可以讓大流士上級大臣下台。只要那傢伙不在，再來總會有辦法解決。」

「大流士上級大臣是具有那麼大權力的人嗎？」

「嗯，即使說現任國王是因為有大流士在才得以坐上國王寶座也不為過。」

這麼厲害啊。想必是像○澤那種感覺，擅長到處收錢和協商的類型。（註：出自《半澤直樹》，銀行員的工作就是收錢和協商）

「假如讓他下台的計畫失敗……就由你動手殺他。」

「咦？要我來殺嗎？」

「沒錯。如果是擁有強大命運的你，殺他想必也是輕而易舉。」

能不能殺掉對方是靠命運的力量來決定的嗎？這麼一提，人神也說過如果是我或許就能殺掉奧爾斯帝德。

「…………我明白了。」

我對動手殺人有所抗拒。

但既然這關係到是否能保護家人，我就努力去做。

對方是壞大臣。那麼就沒問題，對方是薩克的話就不算是人類了。

「可是據我所知，不是應該還有第二王子派嗎？我們不用對那邊採取對策嗎？」

「第二王子哈爾法斯嗎？歷史上不存在那傢伙登上王位的道路。他不具備王者的器量，而且真心認為那傢伙能成王的人也少之又少。」

「可是，不知道這次會發生什麼萬一，說不定他會當上國王。」

第二王子叫作哈爾法斯啊。

我不知道第二王子的長相和個性。但既然會被列為候補，應該很優秀吧。

要是沒有對應，難保會出什麼差錯。

「不要緊。萬一失敗，下次確實對策就行了。」

「下次？是指下一個對策嗎？」

「啊……嗯，沒錯。」

「那愛麗兒會怎麼樣？」

「應該會死吧。」

或許他活了兩千年之久，所以對一兩次失敗變得比較寬容了嗎？

畢竟以長遠的眼光規劃，就不能保證每次的行程都能成功。既然他是為了百年後布局，表示就算發生一兩次失敗也無關緊要。

……可是啊……

「還是別這麼做吧，這麼短視近利的話，人神可是會在旁邊偷笑喔。」

我這樣說完，奧爾斯帝德就露出了憤怒的神色。表情很恐怖。不過我還是繼續說下去。

「以後說不定會連續遭遇失敗。以結果來說，甚至有可能會左右最後的勝敗。」

我同意只要最後贏了就行的這種想法，不過一旦愛麗兒死去，有可能會把希露菲也牽連進去。

而且我還跟基列奴約好要把她介紹愛麗兒。

自己人的不幸，就是我的不幸。我不想讓自己變得不幸。

「我們還是重視一次一次的行動吧。每一次對決，都要毫不懈怠地拿下勝利。」

「……當然。」

奧爾斯帝德表情依舊嚇人，然而卻也重重點頭同意我的說法。

「不管怎麼樣，我們的第一個方針就是讓愛麗兒成為女王。奧爾斯帝德大人負責下達指示，實際行動由我負責……這樣沒有問題吧？」

「沒錯。」

感覺簡直就像是有了一座靠山。

要比喻的話就是「我的背後可是有龍神會的奧爾斯帝德大哥在撐腰呢」。

不過他要我做的事情倒是有點麻煩。

「我們也先針對第二王子哈爾法斯制定對策吧。」

「那邊就交給你負責。因為他本身毫無當上國王的想法，只要讓跟隨那傢伙的主要貴族垮台，就足以削弱他的戰意。」

聽了他的口氣，讓我不由得注意到一件事。說不定對奧爾斯帝德來說，不管誰當上王都無關緊要。假設愛麗兒死了，登上王位的人是哈爾法斯也一樣。到時候他只要再讓我混進哈爾法斯的陣營就好。

「然後，應該再過一個月左右就會收到國王生病的消息。在那之前，有件事非做不可。」

「請問是什麼事呢……？」

奧爾斯帝德擺出「不允許失敗」的表情。好可怕。

雖說那應該只是他嚴肅的表情，但超可怕的。好像要被射殺了。

「將佩爾基烏斯‧朵拉拉攏到愛麗兒的陣營。」

和我內心的不安相反，奧爾斯帝德所說的話我心裡已經有底。

「要讓愛麗兒取得王位，那傢伙的力量不可或缺。」

雖說不需要迪利克・雷特巴特，但卻需要註定會被他說服的佩爾基烏斯。

所以，我必須要代替迪利克說服佩爾基烏斯才行。

「總之，我在這一個月期間要一邊和愛麗兒與路克打好關係，還要說動佩爾基烏斯沒錯吧。」

「沒錯。」

「我明白了。」

感覺這樣一來就制定了大致上的方針。

把眼光放遠到一百年後，逐步改變現在，而當下要做的，就是讓愛麗兒成為女王。

總之，應該討論到這邊就行了吧。

「還有，這個給你。」

當我這樣想時，奧爾斯帝德從懷中取出了某種像是捲軸的道具。

我收下後攤開一看，發現上面畫著魔法陣。

「這是？」

「是守護魔獸的召喚魔法陣。」

「喔喔。」

是昨天說的那個啊！

好厲害，才過了一天就履行約定……我想說他應該會先看日記，所以這邊可能還會再花上

一點時間。

「你要一邊注入魔力，同時想像守護家人的存在。就算用說的也行。這樣應該就能召喚出相應的物品。」

「用想像的嗎？」

「你的魔力龐大。不需要在意細節，這樣反而能召喚出更好的對象。」

他的語氣像是我能找到不錯的對象。

不過既然他都這麼說了，我就試試看吧。

「應該不會召喚出什麼奇怪的傢伙吧。像那種……以魔開始，以帝結束的幼女之類。」

「會召喚出什麼得因你而定……奇希莉卡．奇希里斯雖然看起來那樣，卻擁有龐大的魔力。這種小型魔法陣沒辦法召喚她。」

問題在大小啊？意思是用更大的就能召喚她嘍？

不對，我可不想召喚出那個聒噪的傢伙。

「總之，我明天就立刻召喚守護魔獸。」

「嗯。」

開始期待了。不知道會召喚出什麼呢？

最好還是帥氣的傢伙啊。只要隨侍在旁，就會讓我增添兩成帥氣度，能夠讓希露菲和洛琪希重新愛上我的那種。

啊，對了。還有一件重要的事情忘了問。

「話說起來，我的子孫好像會協助奧爾斯帝德大人，那麼我最好還是生多一點嗎？還是說，我生的小孩裡面有可能會生出拉普拉斯？」

「…………你生的小孩不會是拉普拉斯。隨你便吧。」

「明白了。我會自己判斷。」

那麼，我就增產報國吧。

要是有許多伙伴圍繞在身邊，奧爾斯帝德也會比較開心吧。

「好啦，那我先暫時告退。因為我還得用看看這個召喚魔法陣。」

「嗯。」

「那麼，我擇日再來拜訪。要是有什麼狀況，還請您和我家裡聯絡。」

我講完話後才起身到一半，又想起了一件非問不可的事情。

「話說回來，奧爾斯帝德大人。您已經和七星碰面了嗎？」

「不，還沒有。」

「雖說這件事不該由我提起，不過，如果您現在依舊對被她找出來一事耿耿於懷的話，我希望您能網開一面。畢竟那是因為我握有她的把柄，軟硬兼施逼她這麼做的。」

「……」

奧爾斯帝德不發一語。

畢竟我討厭因為自己導致其他人的關係破裂。

「七星說自己受了您不少關照，所以她其實反對我和您戰鬥。」

「……」

「她似乎對陷害您一事還心存芥蒂，如果奧爾斯帝德大人有原諒七星的餘地，能不能再見她一面，接受她的賠罪呢？」

「我明白了，就這麼辦吧。因為七星她……是個能派上用場的女人。」

是呀。她非常管用。我懂我懂。

「啊，對了。剛才這件事讓我想起來了。先不提我能不能聯絡到你，要是你沒辦法主動聯絡我也不方便吧。把這個也拿去。」

奧爾斯帝德從上衣懷裡取出了一枚戒指放在桌上。

我曾在什麼地方見過，而且是在最近。是說，那就是七星原本持有，被我用來當陷阱的道具。

「要是有什麼急事，就用那個呼喚我。」

這枚戒指在使用後會發出魔力一段時間。

而在發出魔力的這段期間，與這個對應的指南針會持續指出戒指的方向。

如果這是魔道具的話，搞不好還可以應用成雷達，但遺憾的是因為同樣的東西數量稀少，要重現魔力附加品的效果非常困難。

不過話又說回來，他把這個給我，意思是就算再被我偷襲一次也有自信能反擊回來嗎？或者這是表示他信任我不會再偷襲他嗎？

……就認為是後者吧。

想必奧爾斯帝德也不想再認真個兩次三次，白白消耗貴重的魔力。

既然他信任我，那我就必須回應他的信賴。

「那麼，我擇日再來拜訪。」

我收下了戒指，踏上歸途。

當然也沒忘記把札諾巴帶走。

第二話「守護魔獸」

距離阿斯拉王國傳來國王生病的消息還有一個月。

我必須在這段期間，和愛麗兒一起說服佩爾基烏斯。

為了這個目的，首先我需要向希露菲詳細說明來龍去脈。

因為有奧爾斯帝德的詛咒影響，我猜她會對這件事懷有高度戒心。

根據詛咒影響程度，她也有可能選擇不幫我轉達給愛麗兒。

要相信希露菲老實向她坦承一切，還是要把詛咒當作不確定因素，巧妙地避開奧爾斯帝德的情報告訴她，我正為此煩惱。

不過，在做這件事之前。

我必須先完成選擇跟隨奧爾斯帝德的真正目的才行。

那就是保護我的家人。

一旦我作為奧爾斯帝德的僕人工作，不管怎麼樣離開家裡的時間都會變多。

必須要有個存在來填補這個空缺。

如此這般，我成為奧爾斯帝德屬下最初的工作，就是召喚守護魔獸。

★　★　★

上午，我集合所有家人來到庭園。

平常就待在家裡的愛夏、莉莉雅、塞妮絲以及剛成為家人的艾莉絲也在。洛琪希和諾倫當然不用說，連次郎和比特也在。最近學會扶著東西起身的露西則躺在希露菲的手臂中。

「接下來，我要開始執行專屬於我們家的召喚魔獸的召喚儀式。鼓掌！」

「耶～」

全場掌聲雷動，會場的氣氛達到最高潮。看來今晚的演唱會將成為傳說。

哎呀，次郎小弟和比特小弟，你們怎麼不拍手呢？不可以喔。現在可是要召喚你們的伙伴喔。咦？因為是寵物所以沒辦法拍手。那就沒辦法了。

「關於這次的召喚，其實我不知道會呼喚出什麼東西。但是，肯定會召喚出非常強力的生物。那傢伙將會保護我們家人的安全。」

「那個，真的不要緊嗎？牠會不會趁魯迪出門不在的時候，把家人全都咬死？」

希露菲用不安的聲音說道。這個想像也太恐怖了吧。

等一下，我記得以前看過的書上好像寫過……術者召喚出無法完全駕馭的魔獸，反而被活活咬死什麼的。

「呃，可是這套魔法陣本人可是龍神的嘔心瀝血之作。」

「所以我才擔心啊。」

其實只要稍微動腦筋思考，應該就能想通奧爾斯帝德不需要用那種拐彎抹角的做法，這可能是詛咒的影響吧。

不對，等一下，這也有可能是他防止我背叛設下的局。一旦發現我要背叛，他就會說「我一打響手指，你家的魔獸就會咬死你的家人」。

雖說我覺得這個可能性很低。

「好吧。那總之我先召喚出來，如果是危險的傢伙，就大家一起打倒牠，再去向奧爾斯帝德抱怨。」

「收到！」

很有精神地回應的人是艾莉絲。

她氣勢昂揚地拔劍，隨即發出鏘的一聲帥氣聲響。

順帶一提，前陣子收下的魔劍「指折」就掛在艾莉絲的腰間。

和她原本所持有的劍加起來，左腰掛了兩把，右腰則是一把，這樣不會重嗎？

「到時候，就真的可以大家一起和奧爾斯帝德戰鬥了呢！」

不會打啦，只是要發牢騷而已。要是打起來，這次搞不好真的會被趕盡殺絕。

是說，艾莉絲好像挺開心的。她該不會是在找和奧爾斯帝德交手的理由吧？

「我不會再和奧爾斯帝德戰鬥，不過今後會有和大家一起戰鬥的機會，就請妳養精蓄銳到那個時候吧。」

我這樣說完，艾莉絲擺出了略顯無趣的表情。

要找其他人戰鬥都可以，但千萬別找奧爾斯帝德。

我可不想再體驗那麼絕望的戰鬥了。這次搞不好會嚇到漏尿。

「不過，那套魔法陣真的不要緊嗎？是不是最好先請佩爾基烏斯大人幫忙確認一下？」

洛琪希提出這樣的建議。因為是奧爾斯帝德製作的，她也在提防吧。

可見施加在奧爾斯帝德身上的詛咒真的很強力。

不過，周遭的人反應這麼敏感，反而加深了詛咒的可信度，我也容易判斷。

話雖如此，雖然不用麻煩佩爾基烏斯確認，我還是姑且先檢查一下吧。

「嗯。」

姑且看了一下，外觀是普通的召喚魔法陣。

至於召喚條件的部分，寫著我不清楚的術式。

話雖如此，在我看來應該沒有那麼奇怪的部分。

是不是找七星先看過一遍比較保險呢？

不對，說起來不就是因為我畫不出這套召喚魔法陣，奧爾斯帝德才會幫忙畫的嗎？

那我怎麼可以懷疑他呢！

「不要緊。」

「既然魯迪都那麼說了我就相信吧……我先去拿一下魔杖。」

洛琪希似乎還是半信半疑。

儘管她嘴上說相信，但還是回家裡拿了她愛用的魔杖。

「雖然我不清楚姊姊們為什麼會這麼提心吊膽……但是哥哥，那真的不是危險的物品對吧？」

諾倫的表情看起來有些不安。此時愛夏輕輕把手放在她的肩上這樣說道：

「諾倫姊妳真笨耶。如果真的是危險物品，哥哥怎麼可能會在我們附近使用嘛。」

愛夏對我的信任讓我的心痛了一下。

仔細想想，其實我並沒有確認這套魔法陣是否安全。

我真的該使用它嗎？是不是現在馬上去向佩爾基烏斯問看看「這個真的沒問題嗎」比較好？但這樣一來，愛夏會用輕蔑的眼神看我，說不定也會讓奧爾斯帝德對我起疑心。

「要是有個萬一，我會成為各位的肉盾，請儘管動手吧。」

莉莉雅講了很聳動的台詞。

我想應該不會發生那種事，但因為周遭的人你一句我一句的，現在連我也覺得好像有危險。這玩意兒真的沒問題嗎？

……不！我相信奧爾斯帝德。他都說願意相信我了。

「那麼，我要啟動魔法陣了。」

聽到這句話後，所有人點了點頭。

我把魔法陣放在事先用土魔術製作的桌上。

「好。」

我鼓起幹勁，把手放在魔法陣上。接著集中精神，想像讓魔力順著血流移動，聚集到指尖。最後再從手把魔力送往魔法陣。

要消耗多少魔力量都沒關係。畢竟要召喚的是保護我家人的存在。就算注入我所有魔力也在所不惜。

甚至還想請奧爾斯帝德也注入他所有的魔力。

其實也不是說注入大量魔力就能保證召喚出強力的魔獸，但總之我還是盡其所能地注入魔力。

還有，奧爾斯帝德說過，重要的是想像。

守護家人的形象。

就算這麼說也還是很模糊啊……唔——總之召喚出來的必須夠強才行。擁有一般對手找麻煩也足以守護大家的實力。然後，希望是個忠心的傢伙，不會反抗我的那種。而且既然要保護家人，最好也不要太過庸俗。要是出現沾滿黏液，像樹繩妖的那種玩意兒，對妹妹和露西的教育也不好。既然是露西的騎士，最好還是高貴的傢伙。（註：樹繩妖最早出現於《龍與地下城》，為虛構的怪物）

高貴且忠心耿耿，實力高超的傢伙。

好。

上吧——！

「出來吧，守護魔獸！」

魔法陣散發出耀眼的光芒。

不光只有白色，還同時發出了藍色、紅色、紅色以及綠色等五彩繽紛的光芒。

此時，突然有一種手被勾住的不協調感。這是什麼？

不管了，我繼續注入魔力，結果那種拉扯的感覺進一步成為斷裂的觸感。

「喔喔喔喔喔！」

聽見了從某處傳來的低吟。

這就是將來要守護我家人的魔獸發出的叫聲嗎？感覺像是在忍受什麼，聽起來好詭異。

但我不管那麼多，進一步灌注魔力，將那傢伙從魔法陣中拖出。

「喔喔喔喔喔！」

在清楚聽見那傢伙聲音的同時，我停止魔力供給。

光芒慢慢地收斂，在耀眼的光芒中出現的是……

「唔……」

黃色的面具，制服是熟悉的白色裝扮。腰間掛著一把巨大的短劍。

那傢伙單膝跪地，擺出用雙手抱著自己肩膀的姿勢，端坐在土製桌上。

「不可能……我和佩爾基烏斯大人的契約……居然會被切斷……」

那傢伙維持這個姿勢環視四周。

他臉上戴的面具明明擋住了眼睛，但我依然知道我們兩人四目相接。

「你這是什麼意思……」

「他」低喃說了一句。我已經知道看出這個人是誰。

被我召喚出來的人——就是佩爾基烏斯第一眷屬，光輝的阿爾曼菲。

他的姿勢猶如墮天使，要取個稱號的話，就是高貴的墮天使吧。

畢竟光輝和高貴同音嘛，開玩笑的……啊！（註：光輝和高貴的日文同音）

「我問你這是什麼意思！魯迪烏斯．格雷拉特！」

他從桌上一躍而下，試圖揪住我的衣領，但動作卻在中途停止，開始渾身發抖。

看到眼前這幕，艾莉絲把劍架起，總之我先用手制止她。艾莉絲，乖。

不過話說回來，真的假的啊。居然只因為想要個高貴的傢伙，就召喚出光輝的阿爾曼菲，這種冷笑話也行？不過這個人雖然有人類外表但卻是精靈，這種情況算說得過去嘍？

完全無法理解。

還是說我被奧爾斯帝德擺了一道？奧爾斯帝德其實是希望讓佩爾基烏斯殺了我之類？自己動手就好啦。

「……沒……沒有啦，我自己也搞不太清楚狀況。我只是啟動奧爾斯帝德大人給我的魔法陣後，事情就變成這樣了。」

「你說奧爾斯帝德的魔法陣……你打算召喚什麼？」

「我家的守護魔獸。」

阿爾曼菲拿起桌上的魔法陣，看了看內容後，露出驚愕的表情放聲大叫：

「居然用了這種麻煩的術式……！」

「呃，請問那是什麼樣的術式呢？」

「上面寫著召喚物必須對你絕對服從，並且要不惜一切排除你家人遇上的威脅。契約期間

是，永生永世……」

就像是賣身契那樣的魔法陣啊。

不過，奧爾斯帝德果然沒有說謊！我可以相信奧爾斯帝德耶！

「除此之外呢？」

「召喚對象是由術者決定。」

這表示阿爾曼菲是被我呼喚出來的吧。

好。

「換人。」

「換人……？」

「阿爾曼菲先生，這是一時出錯，我會重新召喚別人。」

「那麼你就快點解除這個契約。我阿爾曼菲可是忠於佩爾基烏斯大人的高潔僕人。」

「啊，是。」

可是讓阿爾曼菲保護家人似乎也不壞啊。

畢竟他來無影去無蹤，要是真有個萬一，他肯定能當個非常稱職的聯絡窗口。

……不對，畢竟佩爾基烏斯也很器重他，要是被我搶走，肯定會和他起爭執。

「呃，請問該怎麼解除呢？」

「你現在立刻命令我前往佩爾基烏斯大人那裡。破壞的德特霸司可以銷毀這個契約。」

「原來如此。」

「立刻下令！」

因為是絕對服從的契約，要是我沒有下達命令他就什麼也做不了嗎？

「那麼……麻煩你帶著魔法陣去佩爾基烏斯大人那裡，順便幫我轉達一下，該如何才能召喚出不錯的守護魔獸，請他給些建議。」

當我這樣下令後，阿爾曼菲拿走桌上的魔法陣，化成光芒消失而去。

「抱歉，我搞砸了。」

回頭一看，家人都露出目瞪口呆的表情。

過了一會兒，阿爾曼菲回來了。

他傳達了佩爾基烏斯的口信後，還抱怨地補上一句「下次我絕不輕饒」。

對他們來說，身為佩爾基烏斯的僕人想必是一件非常讓他們自豪的事情。而我居然奪走那份驕傲，實在很對不起他。

魔法陣在解除契約後喪失了作用，因此佩爾基烏斯還幫我重新畫了一張。

受到這樣的對待依然給予如此親切的服務。佩爾基烏斯大人真是心胸寬大。

不過話又說回來，該感到畏懼的是這份龍神親手繪製的召喚魔法陣，居然能把這種事情化為可能。或者說是因為我的魔力才有這種效果？再不然就是兩者皆是。就算是兩道微弱的火苗，結合在一起就能孕育出熊熊烈火。

但不管怎麼樣，既然魔力好像沒有減少那麼多，我就重新振作，再嘗試一次。

根據佩爾基烏斯的建議，我不應該用光輝、全知、全能什麼的模糊不清的定義，最好要以動物進行聯想。

真希望奧爾斯帝德一開始就能跟我這麼說。

不過，他搞不好會說阿爾曼菲就行了這種話。

「那麼，我再試一次。」

我環視身邊的家人之後，再次將手放在魔法陣上。

這次就用具體的形象試試吧。既強大，且充滿驕傲的動物……

是獅子。雖說我不清楚這個世界是否有獅子存在，但我聽過獅子這個單字，肯定存在於什麼地方吧。

百獸之王。要想像的是野獸之中最強的動物。

啊，不過提到忠誠心的話，比起貓科動物，還是犬科比較好吧？

不對，反正魔法陣已經包含絕對服從的契約，現在就以強度為主吧。要想像的是在這個世界最偉大的動物。

我把體內所有魔力都集中在右手之後，猛然睜開雙眼，宛如要把魔力狠狠敲下去似的灌注在魔法陣裡面。

去吧——！

「……！」

魔法陣綻放出耀眼光芒。和剛才相同的七彩光芒傾瀉而出。

剛才那種不協調感已不復存在。在流暢的魔力流動之中，有某個存在回應了我的呼喚。

有種宛如手臂伸出來的感覺，我將其握住，慢慢拖出。

這次肯定能成功。

「好，來吧！」

我情不自禁地大喊一聲，然後有某種東西跟著發出咆哮。

「汪～～～～～！」

那個叫聲逐漸變大，敲擊著我的耳朵。是說被召喚時都非得發出什麼聲音不可嗎？我腦內同時浮現出這個疑問。不對，這種事根本無關緊要。

當我在胡思亂想的時候，光芒已經收斂。

映入眼簾的，是一頭白色的獅子。

體長約兩公尺，因為脖子上沒長鬃毛，所以八成是母的。順帶一提，牠的嘴部前凸，與其說是貓科動物，還比較像犬科。

再順便說一下，這根本不是獅子，是狗啊。從那短小的四肢看來，應該是隻小狗。最後再提一下，毛色也不是白色而是銀色。感覺是個大號的銀色小柴犬。

唔……是不是又失敗了？

「哇，好可愛！」

「不過要作為守護魔獸，是不是不太可靠啊？」

愛夏發出尖叫，諾倫則是不滿地發著牢騷。

「可是以小狗來說的話，長得還算挺不錯的呢。」

「我想至少不是魔獸，感覺得到一股純潔的氣息。」

希露菲和洛琪希也給出正面感想。

「看起來是很聰明的孩子呢。」

莉莉雅面無表情，不太懂她的想法，不過並沒有板著一張臉。塞妮絲則是一如往常。

看不出來比特有什麼反應，但是次郎已經露出肚子擺出服從的姿勢。

家人對牠的第一印象還不壞。

話說回來，這隻小狗我好像曾在哪看過。

「噯，那傢伙不是在德路迪亞村很黏魯迪烏斯的那條狗嗎？」

「啊──」

艾莉絲這樣一說讓我想起來了。沒錯沒錯，有這隻狗，的確是牠！

呃，獸神語要怎麼說來著？我記得是……

『難道，您是聖獸大人嗎？』

「汪！」

聽到我這樣詢問，狗老大點頭肯定，開始舔我的臉。

這傢伙身上好臭！可惡——居然敢小看我……不過這個動作也讓我明白了。

「這樣啊。」

原來是聖獸大人啊。是在德路迪亞村深處被細心呵護的那隻聖獸大人。

呃——這下可好了。要是知道我召喚這傢伙出來打算使役牠，獸族那些人肯定會大發雷霆吧。要是被獸族公開通緝的話就糟了。是不是也該把牠換掉呢……但如果我解除契約，又要給佩爾基烏斯或是奧爾斯帝德添麻煩了吧。更何況就算再換一次，也不保證能召喚出更好的傢伙。唔——……

『聖獸大人，請問您有守護我們家人免遭災厄的力量嗎？』

「汪！」

這個回應就像是在說「包在我身上」。

牠幹勁十足啊。不過我記得這傢伙曾經被綁架對吧？沒問題嗎？

我記得奧爾斯帝德是曾經說過人神不太可能對我家人耍什麼手段啦……

「汪嗚～？」

在我猶豫不決的時候，聖獸大人從狹窄的桌上一躍而下，一邊以身體磨蹭著我，同時繼續舔著我的臉。

啊啊，好柔軟。這肯定有用柔軟精呢。

要是這傢伙成為守護魔獸，就能每天享受到這柔軟的皮毛了啊。

「不，我搞錯了。這傢伙不是聖獸大人。」

嗯。這根本不是神聖的野獸。絕對不是德路迪亞族的守護神。聖獸大人怎麼可能現身在這種地方。只是很相像的其他小狗。

這是……對了，是獅子。

是我從無限的異世界之中召喚出來的小獅子。就這麼決定了。我現在決定要當作那麼一回事。真要說的話，在我召喚的當下八成就惹他們生氣了。

如果怎麼樣都沒辦法矇混過去的話，也只能再請佩爾基烏斯大人幫忙換一次了。

在那之前先暫時僱用吧。

「好，你的名字從今天起就叫雷歐。」

我說完這句話後伸出手，聖獸大人舔了我的手後，用鼻子使勁地聞了味道。

然後，牠突然像是注意到什麼似的抬起頭。

在牠視線的前方是洛琪希。

雷歐緩緩地向她走過去……接著一頭塞進她的裙子裡面。

「哇！等一下！這是在做什麼啦！」

洛琪希用魔杖猛敲聖獸大人之後，這條色狗卻用鼻子呼氣，繼續舔洛琪希的腳，接著像是要緊緊抱住洛琪希的腳似的，用那巨大的身軀壓了上去。

「那個，魯迪……我該怎麼辦？」

洛琪希驚慌失措地說道。

雖說我也不是很清楚狀況，但這表示牠很喜歡洛琪希吧。

『雷歐，既然你已經被召喚出來，你就是我的僕人，你的使命就是保護眼前這些家人。明白了嗎？』

「汪！」

聖獸雷歐很有精神地回答。

雖說我不知道這條小狗究竟能派上多少用場，但既然已經召喚出來，這傢伙就是守護魔獸。肯定會有用處吧。

『雷歐，我先跟你解釋僱用內容。以前你應該每天都過得隨心所欲，但是在這裡可不准你那麼散漫。我要用項圈把你鍊起來，讓你住在狗屋裡面。要是有什麼可疑人物出現，你就吠叫、咬他，奪走他的抵抗能力。要是對手實力高強，就算直接咬死也無所謂。這裡一天提供三餐，可以自由午睡。如果你想散步的話也可以帶你去，同意的話就汪一聲。』

「汪！」

嗯，回答得好。最後還有一件事。

『當然，要是你自己傷害我的家人的話……』

「汪嗚～」

我話還沒說完，雷歐便從喉嚨發出了惋惜的聲音。

『好，那麼契約成立。握手。』

我把手心向上伸出手。

聖獸雷歐看到這個動作後，伸出前腳輕輕放在上面。

就這樣，我們家多了一隻新寵物。

第三話「先下手為強」

自從召喚守護魔獸之後，已經過了整整兩天。

我們給這隻被命名為雷歐的大狗刻有名字的真皮項圈，以及一間大型狗屋。

而雷歐的任務是負責警備。

每天早上起床之後，牠就在玄關前面待機，迎接要在庭院訓練的我和艾莉絲。

接著牠會在玄關前面站崗一段時間，再被帶去散步。

散步回來之後，會在家裡面照料家人。

牠會定期在家裡面四處巡視，確認是否有任何異常，一旦有事發生就會試圖設法解決。

要是露西哭了，牠就會去安慰，當愛夏要出門購物，牠就會作為護衛一起出門。

只要拜託牠的話，甚至會去魔法大學接送諾倫上下學。

簡直就是自宅警備員。

雷歐非常聰穎，會確實遵守家人的規定。

不僅會在指定的場所上廁所，還學會了等等、握手、趴下、轉三圈喊聲汪以及貓○空中轉三圈等技藝。（註：《いなかっぺ大将》大將中的ニャンコ先生的拿手絕活）

牠非常聽家人的話，每當愛夏和諾倫戰戰兢兢地摸牠的頭時，牠的尾巴就會搖得像是電風扇一樣。

而且牠尤其中意洛琪希，雷歐對洛琪希的態度明顯不同，舉手投足看起來簡直就像個忠心耿耿的騎士。

當洛琪希醒來的時候，牠會邊搖著尾巴邊在她身旁打轉，試圖把臉埋進她的兩腿之間。每當我生氣說「可以舔那裡的人只有我」時牠就會住手，開始垂頭喪氣，但是隔天卻又重複一樣的動作。

另外，洛琪希平常會騎犰狳次郎去學校，經常會看到雷歐對次郎汪來汪去，像是在吩咐些什麼的畫面。

儘管不清楚雷歐到底叮囑了什麼，也不確定次郎有沒有確實遵守，但次郎感覺總是畏畏縮縮的。

還有，在孕婦洛琪希上下樓梯的時候，牠也會很擔心地從樓梯下往上看，以防她會不會失足跌落樓梯。

看到牠過度保護的模樣，甚至讓身為丈夫的我都有點汗顏。

雖然我曾想過為什麼牠只對洛琪希這麼關心……但果然是因為牠是狗吧。

牠肯定是用鼻子聞出了在這個家裡面最偉大的人是誰。仔細想想，莉妮亞和普露塞娜也是這樣。

順便說一下，雷歐在洛琪希面前表現得就像是個僕人一樣，但是和艾莉絲卻處得不好。

與其說是彼此相處不來，感覺比較像是雷歐單方面地不知道怎麼應付艾莉絲。

艾莉絲其實很愛貓狗。

她最喜歡把臉塞進動物柔軟的毛皮，使勁渾身解數抱緊牠們。

所以在我沒注意的時候，搞不好雷歐曾經被艾莉絲卯足全力去享受那身毛皮。

而且是以狂劍王的力氣，激烈且用力地抱緊。

我也有過那樣的經驗，被艾莉絲使盡全力抱住的感覺，就像是被熊抱住那樣，甚至會讓人感受到生命危險。

雖說我不討厭被那樣的艾莉絲緊緊抱住，但也不是不能理解雷歐會想躲開她的理由。

雷歐只有在出去散步時才會主動親近艾莉絲。唯獨在這種時候，牠才不會離艾莉絲遠遠的，而是會為了確認地盤一起出門。

我想恐怕是和體力有關吧。

雷歐的散步範圍很廣。移動範圍大到甚至會讓人覺得繞了城鎮一圈。

如果要在短時間內結束，步調就得變得非常快速，而有體力跟上牠節奏的，在我們家也就只有我和艾莉絲了。

我想希露菲應該也勉強跟得上吧。

不管怎麼樣，雷歐經常會選擇艾莉絲陪牠一起散步。

或者說，艾莉絲在雷歐眼裡，都是同樣負責警備的一員也說不定。

順帶一提，看樣子我家的半徑兩公里以內是雷歐的地盤，就連野貓都不會靠近這一帶。

可見雷歐有確實地在幫忙保護家人。

家裡有這樣的守護魔獸，意外地讓人安心啊。狗果然就是讚。

問題在於，那隻狗是獸族的守護神……

之前來探望艾莉絲的基列奴看到雷歐是嚇了一跳，但也說了這樣的話：

「我不懂聖獸大人的語言，但我認為聖獸大人是基於自己的意願留在這裡。那德路迪亞族也沒理由抱怨吧。」

她如是說道。所以應該不要緊吧。

我想差不多該進行下一步動作了。

正當我這麼想時，突然發生了一件事。

那就是路克來到我家了。

事情發生在我因為要事而稍微離開家裡一趟的時候。

時間不長，大概才二十分鐘左右。

然而當我回來時，發現那傢伙就站在門口。是路克。

我迅速地躲到角落確認路克的身影。同時想起了奧爾斯帝德說過的話以及日記的內容。

奧爾斯帝德說過，人神會操控他人。

日記上好像也有寫到路克疑似被人神操控，把希露菲推入火坑。

因為寫那本日記的我有著非常強烈的被害妄想，可信度或許不高。

然而，如果想要陷害愛麗兒和希露菲，利用路克確實是最有效的方法。

畢竟不管怎麼說，路克還是很受希露菲信賴。

換句話說，路克這號人物，可說是人神的使徒第一嫌疑犯。

和人神這場戰鬥最重要的一點，毫無疑問就是找出人神的使徒並看出他的目的。

想到這裡，我決定稍微觀望。

我彎下腰之後在遮蔽物之間移動，來到了可以清楚聽見聲音的位置。

「噢，居然會有如此美麗的女士來到這座城鎮！妳實在是太迷人了。那蘊藏著美麗意志的堅毅眼神，以及那隨風飄逸的秀髮，簡直就是天使……不，是降臨到人世的美麗女神！我對妳一見鍾情！」

聽見讓人頭痛的聲音。

好爛的撩妹台詞。連我都說不出這種裝模作樣的話。

可是，在這個世界反而像這種比較好。

每當我對希露菲說這種話，她就會面紅耳赤，靦腆地笑著說「不用那麼熱情地撩我，我早就是魯迪的了啦，嘿嘿嘿」。

「哎呀，失禮了，我還沒自我介紹。我叫路克．諾托斯．格雷拉特。是阿斯拉王國四大地區領主，諾托斯．格雷拉特的次男。」

……假設路克是人神的使徒，很有可能是受到人神的指示，才會這麼熱情地跟女人搭訕。

畢竟路克身邊不缺女人。整理我從希露菲口中聽到的部分情報後，可以得知女人對路克來說，似乎只是與隨處可見的衛生紙相同的存在。

話說回來，他搭訕的對象是誰啊？

由於對方站在門後，從這個角度看不清楚。

在我們家適合用天使來形容的人是希露菲，但路克不會去撩希露菲才是。

而最適合女神這個表達方式的人肯定是洛琪希無誤，但應該不是。

這麼說來……是愛夏嗎？

不對，與其說是天使，愛夏更像是小惡魔。

「不介意的話，是否能讓我也聽聽妳的名字呢？啊，當然了，如果妳不願說出家名的話也無妨。但至少請妳將美麗的名字烙印在我的心裡，這就足以讓我感到欣慰。」

雖說我還沒搞懂他到底在撩誰，但他好像想知道對方的名字。

只要知道路克想追的人到底是誰，說不定就能得知人神的目的。

當然，這終究只是建立在路克是人神使徒的這個前提之下。

也不能完全否認路克只是單純一見鍾情，想要追求對方的可能性。

如果真是這樣，那我就只是單純的偷窺狂罷了。

「啊，妳不願意告訴我名字是嗎？那麼，請妳至少賜給我親吻那雙美手的榮譽。只要這樣，我就能……」

就在路克邊彎下腰邊將手伸向對象的那時……

路克的頭一瞬間歪了一下，動作也隨之停止。

有狀況。雖然我不清楚發生了什麼。但肯定出了什麼狀況。

是人神的攻擊嗎……？

或者說，人神在現在這個瞬間向路克傳達了啟示之類……？

「……」

當我正在思考的時候，路克的膝蓋忽然不穩，直接往旁邊倒下。

他一動也不動，看樣子是喪失意識了。

到底發生了什麼事？我感覺自己熟悉眼前的光景。頭一歪，倒下，失去意識……嗚，我的頭……

「……哼。」

看到路克倒下之後，一名女性走出大門。

她瞄了倒下的路克一眼後，再用腳尖朝他昏迷的腦袋一腳踹飛。

是艾莉絲。

把路克打趴的人是艾莉絲。

「什麼嘛，突然出現講些莫名其妙的話……」

艾莉絲露出不愉快的表情，將路克踢到不會妨礙進出的地方。

然後，就像什麼事都沒發生似的走回家裡。

我走出遮蔽物靠近路克確認狀況。

他翻著白眼倒在地上。這是完全擊倒。

居然敢撩別人老婆，這傢伙難道沒有倫理觀念嗎……啊，不對，話說起來，我有向愛麗兒和路克通知順利回來的消息，但好像沒提到我結婚了。

所以說，他和艾莉絲還是第一次見面。

不過話又說回來，想不到路克居然會撩艾莉絲啊……在原本的歷史，路克會和艾莉絲在一起，是因為這樣造成影響的嗎？

還是說，這傢伙果然是人神的使徒嗎？

實在不好下判斷。

「……」

總之，讓他睡在這裡也不太好，就帶他進家裡吧。

等他清醒後就要審問一番。

「我回來了。」

「……」

我揹著路克踏進家門之後，出來迎接的人是艾莉絲。

她在看到我的一瞬間露出了開心的表情，但一看到路克就皺起眉頭，雙臂環胸。

「……那傢伙，是魯迪的朋友嗎？」

「嗯，與其說是我朋友，應該說是希露菲的同事。」

「這……這樣啊……對不起，我打了他。」

哎呀，艾莉絲怎麼變得這麼溫順？

「沒關係。反正肯定是這傢伙說了什麼奇怪的話吧。」

「他是有說。」

「那就是這傢伙不好啦。」

是打算對我的艾莉絲出手的這傢伙不好。不過就算他做錯事，還是讓他躺下來休息吧。

呃，在客廳的話會很礙事……先把他丟到一樓的空房去好了。

「嗳，魯迪烏斯。」

此時，艾莉絲把我叫住。

「怎麼啦，艾莉絲？」

「魯迪烏斯，你也會想吻我的手嗎？」

我望向艾莉絲的手。手上面長著劍繭，以女性來說略顯粗糙。不過我認為很有艾莉絲的風格，是雙很漂亮的手。

「與其親手，我倒是想親嘴巴呢。」

我這樣說完，艾莉絲就揍了我肚子一拳。雖說力道不大，但卻是很精準的肝臟攻擊。

「像那種事只能晚上再做喔。」

艾莉絲紅著臉走回了客廳。

這樣啊這樣啊，晚上的話就可以了是嗎？真令人期待。

算了，這件事先放在旁邊……總之，該怎麼辦呢？

我是想快點找希露菲商量，把我要協助愛麗兒一事告訴她，然後去說服佩爾基烏斯……但是還不知道路克來我家的目的。如果他是因為人神的命令而來危害我家，那就不能置之不理。

總之，先等路克清醒吧。

在路克清醒之前，我先去確認希露菲她們的狀況。

要是在我的注意力被外面的突發事件吸引的這段期間，家裡其實已經發生嚴重慘劇，我可是會哭的。

不過既然艾莉絲也在，我想應該不會有那種事。

雷歐很有規矩地坐在二樓的樓梯平台，表情十分帥氣。

爬上樓梯後，我繞了幾間房間查看。

洛琪希的房間散亂著更換的衣服，但裡面沒人。從次郎也不在的這點來看，她現在人應該在學校才對。

希露菲和愛夏正在廚房準備飯菜。打擾她們也不太好意思，於是我沒有出聲搭話便直接離開。

塞妮絲還在睡覺，莉莉雅在她旁邊看書。沒有異常。

我偷偷觀察客廳，發現艾莉絲正哄著露西。抓著艾莉絲的手站在沙發上的露西，以及一臉

緊張地撐住她的艾莉絲，看到這令人溫馨的景象之後，我走回空房。

此時路克已經清醒了。

「我作了一個夢。夢到了一名有著紅色秀髮的天使。她美麗動人、楚楚可憐，卻散發出一股氣魄，簡直就是我理想中的天使。可是卻在我要親吻她的手時就醒了。」

路克挺起上半身，用朦朧的眼神不斷低喃著莫名其妙的口供。

肯定是在被艾莉絲痛扁的時候讓他的腦部有點受創了吧。

不對，他在被打之前就在說天使還是什麼的。

「請你冷靜點，路克學長。這裡根本沒有紅髮的天使。」

「噢……是魯迪烏斯啊……」

路克以呆滯的表情看著我。

「為什麼魯迪烏斯會在這裡？咦？這裡是……魯迪烏斯家裡？直到剛才我還在門口，天使她……奇怪？」

記憶混亂了。他該不會在喪失記憶的那段期間遇見了人神……感覺不像啊。

「啊啊！」

路克突然看著我的身後大叫一聲。

我回頭望去，發現艾莉絲就站在那裡。由於門沒關，她站在門口直接觀察房內的狀況。

「哼！」

她瞄了路克一眼後輕哼一聲，隨即走回客廳。

這表示她姑且還是會擔心路克嗎？

艾莉絲應該不會對路克有意思吧……？

這個畫面讓我少女烏斯的部分響起了警鐘，應該不要緊吧？

「啊！等等！請告訴我，告訴我妳的名字！順便還有住址，妳喜歡什麼花！以及喜歡的男人類型！」

「請冷靜一點，路克學長。她住的地方就在這裡。」

我攔住想要從床上飛奔而出的路克。然後他反過來揪住我的肩膀，一臉凶神惡煞地朝我逼近。

「魯迪烏斯，既然她在你家，表示她是你的親戚嗎！快告訴我她到底是什麼人？」

「她是艾莉絲．格雷拉特，是日前成為我妻子的女性。」

「什麼……你說妻子……」

路克整個人僵住了。

「那麼，她是你的女人……是嗎？」

「嗯，是這樣沒錯。」

正確的說法，應該是我是她的男人，但意思都一樣。

「這樣啊……」

「不好意思啊。」

我反射性地道歉後，路克歪了歪頭。

「為什麼要道歉？像這種事本來就是先搶先贏吧？」

「嗯，是這樣沒錯。」

總覺得聽了奧爾斯帝德說的話後，讓我有股罪惡感。

路克和艾莉絲會在一起的歷史。

這種感覺就像是原本不會來到我手上的貨物，不知為何就送到了我的手上。

不，就算是這樣，我擔任艾莉絲的家庭教師，和她在魔大陸一起旅行，還把彼此的第一次給了對方，這些事實依舊不會改變。

正當我煩惱的時候，路克嘆了一口氣。

「好女人會有複數的男人喜愛，這種事很常見。畢竟好男人也會受到複數的女人迷戀。」

這傢伙突然開始高談闊論。

「只要在自己能容許的範圍內，男人可以讓好幾個女人同時圍繞在自己身旁。但是無法相反。因為神並不是那樣設定人類。畢竟男人能對複數女人播種，但女人只能生下一個小孩。雖然在魔族之中，好像有女人同時生下複數男人的後代，但人族辦不到。」

還真是相當大男人主義的想法啊。不，這話不該由我來說。

雖說我不是要幫自己說話，但是該怎麼說呢，我認為就算立場調換也未嘗不可。一名女性擁有複數男人，也就是逆後宮。

「然後，所謂的好女人，總是會去最有實力的男人身旁。你不僅有實力、財富，還有地位以及名譽。我可以認同那位像天使的女性……艾莉絲小姐會選擇待在你的身邊。所以……」

洛克說到這裡，搖了搖頭。

「不，不對，我不是為了說這種話才來的。」

然後重重地嘆了一口氣。

「我今天會來，是有件事想拜託你。」

「哦？」

我重新在椅子上坐好。

在這個時期，在這個時間點跟我接觸。

人神的使徒。歷史的改變。這些肯定不會毫無關聯，好啦，他要拜託我什麼呢？是為了把我導向破滅之道的某種請求，或者是不讓愛麗兒當上女王的計策？

「你願意協助我們……協助愛麗兒公主嗎？」

聽到這句話後，我掩飾不住內心的混亂。

這是怎麼一回事？要我協助？不是反了嗎？

不對，原本我表現出來的態度就是要協助愛麗兒。所以他會拜託我並不奇怪。

「那是當然，不過你為什麼突然這麼慎重拜託我？」

「因為我認為你實在很了不起，不僅有高超的魔術本領，還有和不好惹的對象也能深交的話術。再加上和龍神戰鬥後還能生還，甚至足以被他收為屬下的戰鬥能力。」

被他這麼鄭重誇獎，感覺有點肉麻。

「可是一旦把你牽扯進來，就會破壞希露菲的幸福。」

路克欲言又止，然後抬起頭來繼續說道：

「所以，至今為止我從不積極地要求你協助我們，而且也說不出口。不管是我，還是愛麗兒大人，都不打算讓希露菲繼續被扯進阿斯拉王國的紛爭之中。」

我記得之前被趕鴨子上架和路克決鬥時，他也曾這樣說過。

「可是……」

路克低下頭。這傢伙只是低個頭，看起來就像個憂鬱帥哥。

感覺他能夠很輕易就騙到那些平凡的女孩。

「我們在這六年來，積極在魔法三大國經營人脈，拉攏了好幾名貴族與技術專家成為伙伴。其中也有出身阿斯拉王國的貴族，以及對國家政治有強烈影響力的人物……但即使如此，依舊無法構成決定性的要素。因為他們終究不屬於阿斯拉王國。」

「嗯……」

「然而，佩爾基烏斯大人正是能構成決定性要素的人物。他對阿斯拉王國有著絕大影響力、發言力以及戰鬥力。只要有那位大人撐腰，愛麗兒大人的成王之路就能向前跨出一大步。當然，即使如此也不能篤定成功……但是要是少了他恐怕是贏不了的。愛麗兒大人需要有他那種強大的後盾。」

路克非常認真。起碼我感覺這番話不像是謊言或是敷衍搪塞。

在他心中，佩爾基烏斯是為了讓愛麗兒登上王位所不可或缺的人物。

奧爾斯帝德也對佩爾基烏斯有相當高的評價。

「明明我們必須這麼做，但愛麗兒大人卻快放棄繼續說服佩爾基烏斯大人。」

「嗯，我認為在那種狀況下也是沒辦法的事。」

就我之前觀察，佩爾基烏斯對愛麗兒的興趣可說是微乎其微。

「這原本就是天上掉下來的機會。即使佩爾基烏斯大人不在，我們也會設法達成目的。愛麗兒大人是這麼說的。我也和她是一樣想法。實際上，只要再花費幾年時間準備，我們應該也能有勝算。」

我該怎麼理解這句話呢？

根據奧爾斯帝德所言，國王生病的消息應該再過二十天就會傳來。

假如他事先就聽過人神的建議，應該不會說出再過幾年這種話……

「話雖如此，現實還是很嚴苛。要是佩爾基烏斯大人不願幫忙，就算能打贏這場仗，我們勢必也會付出許多犧牲。說不定也會對之後的統治也會造成影響。」

根據路克所說，愛麗兒現在想引發的，簡而言之就是內部紛爭。

他們會參加這場王位爭奪戰，從這場爾虞我詐，互相衝突的爭鬥中奪得王位。

畢竟他們爭奪的是全世界最大國家的領導人。肯定不會止於紙上談兵，應該也會進一步引爆衝突，正面對決。

然而，並非打贏戰爭，爭執就會因此結束。要是有人質疑愛麗兒沒有當王的資格，誓師起義，到時候因為內亂而大幅削減實力的愛麗兒，很快就會駕崩。

而佩爾基烏斯的存在，能成為這波動亂的抑止力。

在阿斯拉王國，「殺死魔神的三英雄」至今仍然有著影響力。

雖說並不是只要佩爾基烏斯出馬就能令所有貴族俯首稱臣，但即使如此，「甲龍王佩爾基烏斯推舉愛麗兒為王」的事實，依舊有辦法讓大多數貴族閉嘴。

所以，他無論如何都希望讓佩爾基烏斯成為愛麗兒的後盾。

「然後……我希望你能助我們一臂之力，成為掌握這個勝算的決定能力。」

「我完全不懂什麼政治。有可能什麼忙都幫不上。」

「你這個人比我們想像中更有器量。你只要自然地站在我們這邊，肯定就能發揮十足的能力。」

「我的器量並沒有那麼大。」

「就算器量不大，你在武力方面也很值得信賴，再加上人脈部分。佩爾基烏斯大人、龍神、魔王、其他國家的王子、米里斯神聖國教皇的孫子、德路迪亞族以及塞倫特・賽文斯塔。光是你個人的人脈就已經如此驚人。我不會要求你讓我們使用那些人脈。但是，擁有這麼多人脈的傢伙肯定有著『某種能力』。我希望你能把這個『某種能力』，稍微向著愛麗兒大人。」

「……」

這麼誇我肯定有內幕——之所以會有這種想法，是因為我和路克的交情不深嗎？

不過話說回來，到底是哪邊？

路克是人神的使徒嗎？不是嗎？

反正奧爾斯帝德已經對我下令，就算路克沒有拜託，我也打算協助愛麗兒。

但是，要是我草率行事，實在不免懷疑是不是會正中人神下懷。

……姑且還是先試探一下吧。

「那是誰的指示？」

「指示……？不，這並非是愛麗兒大人的想法。」

「……有其他人向你這麼建議？」

「是我獨斷決定。」

「你曾聽過人神這個名字嗎？」

「人神？……在佩爾基烏斯大人那也曾聽過這個單字，那是什麼意思？」

也對，就算他是人神的使徒，肯定不會老實回答。

雖說他操控我的時候並沒叮囑我不可對別人提起……

路克露出難以理解的表情，搔了搔後腦杓。

「的確，我這番話聽起來或許是很矛盾。但是我們希望希露菲得到幸福。一旦她被扯進阿斯拉王國的紛爭之中，她的幸福就有可能遭到破壞。一旦被視為阿斯拉王國的叛徒，到時候就連魔法三大國也不可能願意庇護她的安全。」

我也很害怕這件事發生。

要是以國家為敵，不知道會被怎樣對待。

在日記上也有寫到，不僅希露菲喪命，就連札諾巴也遭到米里斯神聖國殺害。

的確，我還算是驍勇善戰。只要我認真施展魔術，可以一口氣殲滅相當廣範圍的敵人。只要修理好魔導鎧，就算面對一定水準的對手，也可以在接近戰取得絕對優勢。

奧爾斯帝德也說過，他對付我時也被逼得不得不使出全力。

話雖如此，拘泥於正面對決獲得勝利的方法，只是小孩子的理論。

這世上沒有以赤手空拳挑戰職業摔角手的笨蛋。要嘛是從背後拿刀刺，要嘛是下毒，再不然就是用金錢施壓。無法以力量取勝的對手，用力量以外的方法贏就好。

日記裡的我，因為和國家締結深厚的關係得以保護自己。

幸運的是他沒被阿斯拉王國追殺，不僅如此，當米里斯希望把他交出來時，拉諾亞王國也願意為他說「Ｎｏ」，可見受到相當的重視。

但這次的情況會怎麼樣？只要雷歐在這，其他國家就會擔心和獸族之間的關係惡化，控制自己不要出手嗎？而在守護家人這方面，雷歐又能發揮多大作用呢？

我記得奧爾斯帝德曾說過，只要有守護魔獸在就不會有事。一旦擁有強大命運的守護魔獸試圖保護我的家人，那自然能夠高枕無憂。

不過，靠那一隻小狗真的沒問題嗎……

「……但是，如果是你，如果是有龍神當後盾的你站在我們這邊，我想就算被牽扯進來，你應該依舊能讓希露菲過著幸福的日子。」

這就難說了。畢竟奧爾斯帝德對各界的影響力並不大。

活在這個世界的人們就算聽過「七大列強」的名號，知道這種人實際存在，但對他們究竟有多強，有多麼厲害好像完全沒有概念。

「就算有龍神當後盾，以個人來說依舊會有生命危險。」

「……你說得對。」

路克輕輕地吸了一口氣。筆直地盯著我的眼睛。

「所以，剛才說的終究只是客套話。無論發生什麼事，我都想讓愛麗兒公主成為女王。」

路克眼神銳利，像是用瞪的一樣看著我。

我沒有轉開視線，而是正面回應了他的眼神。

路克的視線比我想像中還要強烈。

他的眼神銳利到讓我想起瑞傑路德的那股氣魄，覺得他為了目的甚至不惜捨棄一切。

「那是為什麼呢？」

「……因為是我已故好友的最後請求。」

我馬上就明白他說的是迪利克．雷特巴特。

「你願意把力量借給愛麗兒大人嗎？拜託你。」

他沒有提及愛麗兒當上阿斯拉王國的女王之後會賞賜我什麼獎勵，代表他確實沒有事先找愛麗兒商量，而是自己獨斷決定這麼做。

正因為如此，他才會用「拜託」。

「……」

仔細想想，即使曾經被人神操控，我依然是我。得到他的建議之後，我會自己拚命思考，試圖讓事態導向更好的方向。

路克說不定也是如此。他或許也透過自己摸索方向，試圖努力得到好的結果。

這樣一想，就會讓我覺得務必要助他一臂之力……

可是我要戰鬥的對象，並不是阿斯拉王國，也不是愛麗兒。

而是人神。如果我選擇站在愛麗兒那邊，但是這樣反而讓人神稱心如意的話，我還是必須先和奧爾斯帝德商量這件事。

「可以讓我和身邊的人商量一下嗎？」

我這樣說完，路克在那一瞬間雖然笑著，但是感覺卻快哭了出來。

他八成以為被我拒絕了吧。

接著，他搖搖晃晃地站起身子。

「…………我明白了。抱歉，居然這樣勉強你。」

「不會，我日後一定會正式做出回應。」

路克垂頭喪氣地離開房間。我為了送他離開而跟在後面。

我們從小房間穿過走廊回到了玄關。走到一半，我抬頭仰望樓梯上方，雷歐依舊維持和剛才相同的姿勢坐在那裡。

牠坐在二樓的樓梯平台發出低吼聲，就像是在強調不會讓外人通過這裡。

路克果然是敵人嗎？雖說我並不曉得雷歐能不能靠嗅覺判別對方是不是人神的使徒……

「啊……」

或許是聽見低吼聲，艾莉絲從客廳裡面探頭查看。

看到她之後，路克立刻把手放在胸前，優雅行禮。

「夫人，雖然我並不知情，但方才實在是失禮了。希望有朝一日還能再和妳見面。」

「……」

艾莉絲原本要掀起裙襬，卻發現自己現在穿著褲子，露出一張難為情的表情後雙手環胸說道：

「下次，我會把你當作客人好好招待！」

「謝謝妳。那麼，我先失陪了。」

就在這個時候——

「呼啊……艾莉絲，大家都還在睡，不要那麼大聲啦。」

希露菲正好從二樓走下來。

睡臉惺忪的她在看到我和路克後停下了腳步。

「啊，魯迪，歡迎回來……咦？路克你怎麼來了？是愛麗兒大人出了什麼事嗎？」

「……我只是有點事才過來一趟。」

「是喔……好吧，那你慢慢來喔。順便喝杯茶吧。」

「不用了，我正要離開。」

「這樣啊。我再過一陣子就會回去，在那之前，愛麗兒大人就麻煩你了。」

「嗯。」

路克寂寞地笑了笑，然後離開我家。

我和希露菲目送他離開家門。他的背影散發出一股惆悵感，就像是精疲力盡的上班族。

「路克是怎麼了啊？」

「……」

有什麼就要發生了。我的內心閃過這樣的預感。

我一邊想著不管會發生任何事，都得先提起幹勁做好準備，同時也決定要把先向奧爾斯帝德報告這件事。

第四話「下定決心」

我用那枚戒指呼喚奧爾斯帝德後收到了一封信，上面寫著要我大約一個小時後前往郊外的小屋。

他好像意外地就在附近。那明明直接跟我講一聲就好了啊……

不管怎麼樣，我依言前往郊外的小屋赴約。

到了現場發現奧爾斯帝德兩手環胸，正擺出熟睡的姿勢等著我。

這個待命姿勢徹底體現了「等待」這個詞彙。

但是讓他久等實在是過意不去。

「我來晚了。」

「不，我也才剛到。」

我們像剛交往不久的情侶那樣打過招呼之後，我傳達了這幾天的經過。

首先，是成為守護魔獸的雷歐。

關於這點並沒什麼問題。

他反而因為我召喚出那種大人物而感到詫異。

他說既然召喚出聖獸，那等於是確保我的家人已經安全無虞，對此打了包票。看樣子所謂的聖獸就是如此有分量。

他還喃喃低聲說了一句「洛琪希的小孩果然是特別的啊」，讓我印象深刻。知道自己的小孩是特別的存在，讓我也不免微微揚起嘴角。

另外，就是我拜託克里夫幫忙解咒這件事。

奧爾斯帝德也接受了我的提案。

克里夫今後每過幾天就會來這間小屋，開發針對奧爾斯帝德詛咒專用的魔道具。儘管不知是否能提出成果，但我也先跟奧爾斯帝德說明現在還有詛咒的影響，所以找克里夫幫忙時的前提是「因為家人被當作人質，所以我才勉為其難服從奧爾斯帝德」。

奧爾斯帝德雖然表情沒變，但也說了一句「這樣啊」點頭同意。

而對於我這兩天沒有和愛麗兒等人接觸一事，被奧爾斯帝德稍微訓斥了一頓。

我說是因為我擔心艾莉絲和雷歐，另外就是想找機會以介紹基列奴給她認識為由進行接觸，但說穿了也只是藉口罷了。我以為還有一個月的緩衝期間，想得太簡單了，得承認這是自己的怠慢所致。

在我拖拖拉拉的這段期間，奧爾斯帝德已經和佩爾基烏斯見過一面了。

他要求佩爾基烏斯協助愛麗兒成為女王，但卻遭到回絕。據說佩爾基烏斯態度堅決，甚至放話說直到他認定愛麗兒具有成王的資格之前，都不會採取行動。

佩爾基烏斯大人真了不起。他明明很怕奧爾斯帝德，竟然還能堅定拒絕，讓我有點憧憬。

好啦，這事先暫時放在一邊。

我也姑且把路克來我家試圖接觸一事告訴奧爾斯帝德。

從路克會請求我幫忙這點來看，路克有可能是人神的使徒，另外也說了我對協助愛麗兒一事所感受到的不安，當我詢問是否要變更今後的行動，奧爾斯帝德毫不猶豫地如此回答：

「要讓愛麗兒成為女王的方針沒有變更。」

他否定讓愛麗兒即位是會讓人神稱心如意的這個假設。

不僅如此，讓愛麗兒當上女王，對於奧爾斯帝德來說似乎是至關重要。

然而，對於該怎麼處置路克，奧爾斯帝德卻沒有馬上給出答案。

他想了幾分鐘之後，這才低聲說道：

「至於路克，就殺掉吧……」

我愣了一下。

他突然低喃出的這句話也太嚇人了吧。

「要殺掉他嗎？」

「……」

奧爾斯帝德露出可怕的表情。

不對，其實不可怕。他的臉本來就長這樣。

他像是在沉思收起下巴，用剛才的表情直盯著桌上的一處……好可怕。

這張臉果然很可怕。

「我不確定人神的使徒會玩什麼把戲。所以最好還是殺掉，斬草除根。」

「……這樣啊。」

殺死路克。明明我對這件事應該已經做好心理準備，但卻還是感到一絲不安。

要殺死那麼拚命為愛麗兒著想的路克。

雖然一路走來發生了不少事，但我其實到現在為止都還沒殺過人。儘管我在貝卡利特大陸也曾經將大批盜賊牽連進魔術之中，當時恐怕也有人因此喪命，但是我從來沒當面殺過人。

而我第一次殺的對象竟然是路克。第一次殺的人居然是熟人。

這樣一想，就湧起了一股難以言喻的心情。

但與此同時，卻也覺得「算了，這也無可奈何」。

既然他會成為我的敵人，最後會對我造成威脅，最好還是先下手為強。我不能被一時的感情左右，害自己陷入險境。這就是我現在的心情。

可是，因為迫於無奈就去殺人好嗎？

雖然我不是在講什麼倫理道德，但果然還是會有所抗拒。難道我比自己想像中還要來得厭惡殺人這種事情嗎？

「可是，應該還不能確定路克就是人神的使徒吧？」

這是相對樂觀的說法，但奧爾斯帝德卻搖頭否定。

「不，既然他在這個時間點向你搭話，肯定錯不了。」

「您指的時間點是？」

我這樣反問，奧爾斯帝德重重點頭。

「目前他們和佩爾基烏斯之間的交涉並非完全決裂，也尚未收到國王罹病的消息。然而他卻在這種狀況下跟你搭話。這顯然是人神在背後作梗。」

奧爾斯帝德說出最後那句話時的口氣，充滿了強烈的恨意。

看來他果然憎恨著人神。

「既然如此，為什麼您還要我去協助愛麗兒？正常來說不是應該相反嗎？如果您不想讓愛麗兒成為女王，我應該要疏遠他們才對。」

「我們的目的是操控阿斯拉王國的某人，讓他落入陷阱。現在的人神看不見你的身影。因此他才會利用路克。就好像是透過牆壁監聽聲音那樣藉此監視你的行動。」

「所以路克是負責監視嗎？」

「或許不單只是負責監視，他也有可能在過程當中透過某種手段加以阻撓，考慮到這層風險，最好的方法就是先殺掉路克。」

人神有可能從我的言行舉止當中，得知奧爾斯帝德的目的。

考量到這一點的話，別把監視者留在自己身邊確實比較妥當。

因為要一邊瞞著路克必要的事情，一邊誘導愛麗兒等人實在很難。

「但是假如我殺死路克，會不會對愛麗兒大人或其他人物造成影響呢？」

「……什麼意思？」

我根據前幾天聽到的消息，試著考察殺死路克之後會有什麼風險。

「在原本的歷史會當上宰相的那個人，是叫『迪利克·雷特巴特』沒錯吧？。如今他已經不在人世。因此，愛麗兒在精神方面有可能會轉而依賴路克。」

愛麗兒很仰賴路克。

儘管她身邊還有希露菲和其他隨從，但我認為路克所占的比重果然還是最大的。

那種感情並非戀情或是愛情，要說的話，比較接近我對克里夫和札諾巴所抱有的感覺。

對愛麗兒而言，路克是無論發生什麼事都絕對不會背叛她的對象。

「人神說不定已經猜到我們會發現路克就是使徒，是故意要讓我或奧爾斯帝德大人殺死路克。」

我們不知道路克一死，愛麗兒會發生什麼變化。

人是很脆弱的。就算看起來很堅強，但也有可能會輕易就變成廢人。

我自認已經看過不少這樣的例子，我自己在保羅死去的時候，也是變成了一個無可救藥的廢人。

不過基本上，如果要把她當作傀儡操控，或許那樣反而更好……

我一邊這樣思考，一邊觀察奧爾斯帝德的臉色。

他理所當然地點了點頭，但是表情依舊嚇人。

「……也是有那種可能性。我所知道的愛麗兒確實也很看好路克這個男人。要是那傢伙不在，愛麗兒或許也無法維持身為王的特質。」

要是愛麗兒派不上用場，似乎會讓奧爾斯帝德很傷腦筋。

「總之，我認為最好先暫時讓路克自由行動。」

當然，我內心的確也不想殺他。畢竟路克是希露菲的摯友，姑且也是我的表哥。儘管關係很淺，但我並不希望他死。

要講理由的話大概就是這樣，至於以個人感情來說，最大的理由果然還是我忌諱當個殺人凶手。

或許是體諒我的想法，奧爾斯帝德靜靜地回答：

「好吧，就這麼辦。」

「是。」

話雖如此，到頭來或許還是得殺掉路克。

要是殺了他，希露菲應該會恨我吧。到時她會不會逼我離婚呢？

光是想像胃就痛起來了。

不過，到時要是非得殺了他的話……我也得做好心理準備。

總之，路克這件事就到此告一段落。

「之前您曾經提過，人神一次無法操控太多人對吧？」

我得先把幾件想問的事情打聽個仔細。

「請問，他最多大概能操控幾個人呢？」

以前奧爾斯帝德也輕描淡寫地提到，人神「沒辦法一次操控那麼多人」。

但換個角度想想，這是不是意味著他可以同時操控好幾人？

「雖然我無法斷言，但他恐怕能一次操控三個人。」

三個人啊。意外地少。

「他有沒有可能操控更多的人數？」

「不能說沒有。但是他當初為了殺我只準備了三個人，在那之後也沒有對我直接下手。既然如此，最合理的解釋就是他只能操控三人。」

「當時您是和誰戰鬥呢？」

「和劍神、北神還有魔王。」

所以奧爾斯帝德同時面對兩名七大列強級別的高手再加上魔王，然後還打贏了？

即使聚集了這麼驚人的戰力依舊無法解決奧爾斯帝德，這也難怪人神會死心……

老實說，要是人神派出那種高手，我根本毫無勝算……不對，他能辦到的話早就這麼做了。
這種事大概是像我當時那樣，必須要花很長的時間來調整所謂的命運才能辦到。
人神八成會喜歡看畢達○拉斯裝置。（註：畢達哥拉斯裝置，出自日本NHK兒童節目）
「為什麼他最多只能操控三人呢……」
「因為他的未來視能力有所極限。」
「意思是他有辦法同時看見三個人的未來，但卻沒辦法看到更多？」
「沒錯。」
換句話說，只要不使用未來視的話，他還可以操縱第四個人嘍？
不對，我不認為使用未來視開外掛的傢伙，會捨得放棄這個優勢放手一搏。
基本上，應該可以斷定使徒不會超過三個人。
接下來就以這個假設為前提，來試著對照這次的狀況吧。
「如果一個人是路克的話，再來就剩兩個人了呢。」
「他也不一定會同時操縱三個人。」
「也是。我想他很有可能至少留一個人在阿斯拉王國，您覺得呢？」
「你為什麼這麼想？」
「既然人神不希望愛麗兒當上女王，最好的方法就是同時操控和愛麗兒敵對的人以及站在愛麗兒這邊的人，好洩漏她身邊的情報。」

「人神就算不耍這種技倆也……不對，把你的行動洩漏給對方是有意義的啊。」

奧爾斯帝德自顧自地認同這個說法，點頭思考。

算了，仔細想想，人神可以看透他人內心想法，根本不需要洩漏情報。

但因為我的存在害他無法斷定愛麗兒的動向，所以對他而言，只要能得到這部分的情報就足夠了。

「他也有可能在完全意想不到的地方動手腳呢。比方說趁我出門時襲擊我的家人之類。」

「既然是聖獸成為你的守護魔獸，想必人神也無法輕易出手。因為那頭野獸就是擁有如此力量。」

「比阿爾曼菲還有用嗎？」

「佩爾基烏斯作的精靈根本無法與聖獸相提並論。」

這話聽起來實在讓人半信半疑，畢竟目前雷歐還沒派上什麼用場……

可是既然奧爾斯帝德都這麼說了，肯定不要緊才是。

反正我也沒有確認的方法。

「不管怎麼樣，應該就正如你所想的，人神的使徒其中一人就在阿斯拉王國。」

「是否能找出那個人，就是和人神戰鬥的關鍵對吧。」

「沒錯。最後一人尚未明朗。說不定他根本沒有觀察我們的動向，正因其他事情在行動……但你可別鬆懈。」

和人神之間的這場戰鬥，我們的方針就是查明三名使徒的身分，打倒他們並同時達成我們的目的。

今後將會反覆進行這樣的事情吧。

而這次的目的，是讓愛麗兒成為女王。

第一名使徒（很有可能）是路克。至於第二名、第三名還尚未明朗。

「請問有哪個人絕對不可能是使徒嗎？」

我姑且問了一問。

不管是誰成了使徒，我們要做的事情也不會改變。可是，假如是札諾巴和克里夫成了使徒，到時候非得動手殺了他們的話，我肯定會不知道該如何是好。

「你的家人沒有問題。除了那只臂環以外，她們還受到守護魔獸的庇護。」

「那請問克里夫和札諾巴呢……？」

「……有這個可能，要小心他們。」

真的假的，真不想這樣……

「請問，真的沒有不讓他們被操控的方法嗎？」

「沒有那種東西。如果有必要的話，你就先忠告他們，別聽從自稱人神之人的建議。雖然我認為沒用……」

徒勞無功是嗎？那可傷腦筋了。

算了，只是有可能發生而已。何況人神也不是任何人都能操控。就祈禱札諾巴和克里夫不在這個範圍之內吧……向人神以外的神祈禱。

「總之，目前的方針依舊不變，為了讓愛麗兒成為女王，我得尋求佩爾基烏斯的協助，對嗎？」

「嗯。但是也得警惕人神使徒的行動。要是他提出了什麼意見，絕對要聯絡我。」

「是。」

總之行動方針沒有改變。

「但是就現狀看來，由於沒有能夠說服佩爾基烏斯的手段，愛麗兒好像幾乎被逼得走投無路了呢。」

「嗯。」

「就我之前的觀察，佩爾基烏斯曾問她『成王必要的要素』，但當時愛麗兒無法回答。」

「原來如此。這問題很有佩爾基烏斯的風格。」

「……您知道答案嗎？」

我這樣詢問，奧爾斯帝德就瞪了我一眼。好可怕。

不，我當然知道。是否能找到這個答案，是愛麗兒為了當上女王必要的過程對吧？

「我不知道。但是對那傢伙而言，所謂的王就只有卡瓦尼斯．夫里安．阿斯拉一個人。只要調查卡瓦尼斯，自然就會得到提示了吧。」

原來他不知道啊。不過倒是得到提示了。

「我明白了。那麼我先出發了。」

既然有了這個殺手鐧，這次一定能成功和愛麗兒打好關係。

離去的時候，奧爾斯帝德最後借了我一個魔力附加品。

這是借用。雖然奧爾斯帝德說要送我，但是我判斷最理想的方式還是把這件作為備用品暫時借用。

他借我的是一件長袍。

明明我也沒有事先交待，這件卻是鼠灰色的長袍。

比我以前穿在身上的稍稍接近灰色。

「那長袍是距今約千年以前的大賢者，堤堤亞娜穿過的長袍。上面的材質用了煉獄蛇鼠的外皮，再用附加魔力的線縫製而成。具有相當優秀的魔術抗性，以及卓越的防刃性。另外，由於道具長時間置於迷宮，現在已經成了魔力附加品，只要穿在身上，就可以令穿著的人體重減半，宛如風一般行動。對於無法纏繞鬥氣的你來說，應該非常適合。」

以上是奧爾斯帝德的說明。

從他這番說明聽來，感覺是非常驚人的道具。

「請問讓人在意的價格是？」

「我是趁這幾天從龍族的儲藏庫帶來的。只要變賣的話，應該能換到可觀的金額……但那是用來保護你的。你就穿在身上使用吧。」

被嚴重叮嚀了。

龍族的儲藏庫是什麼地方啊？像這種道具在那裡到處都是嗎……想必會有用來踹開寶箱的鞋子，或是發現隱藏暗門的喇叭之類的吧。（註：出自FC遊戲《伝説の騎士エルロンド》）

總之，只要有這套長袍就能讓我的戰鬥力上升。

儘管和魔導鎧相較之下，效果應該是天差地遠……但不足的部分就以智慧和勇氣來彌補吧。

雖然我兩個都沒有啦。總之，嗯，加油吧。

當天晚上。

我把希露菲叫來寢室。

既然我決定要幫忙愛麗兒，那首先就必須跟她談過才行。

希露菲發現我的表情嚴肅，因此來房裡的時候並沒有換上睡衣，而是穿著便服前來。

因為是要講正經事，穿這樣應該恰到好處。

「那麼魯迪，你有什麼事要說？」

希露菲露出滿是警戒的神情這樣詢問。

這也不能怪她，畢竟我最近每當煞有其事地說些什麼，總是會說些奇怪的話。

「希露菲，我就直接明講了。」

「嗯。」

「我得幫助愛麗兒大人成為女王。」

聽到這句話後，希露菲一瞬間滿臉疑惑，然後正當她打算露出開心的笑容時，又再次掛上了疑惑的神情。

「得？」

「嗯。」

「表示這不是魯迪自己的想法？」

「是奧爾斯帝德的命令。」

說完這句話後，希露菲明顯變了臉色。

對於該不該明講這是奧爾斯帝德下達的指示，其實我很猶豫。

但是，我老是做一些對不起希露菲的事。

所以至少像這種時候，我最好還是完全信任希露菲，老實說出一切。

畢竟這件事關係到她的摯友。

雖然希露菲一時看起來不知所措，但很快就換上了嚴肅的表情。

「……你覺得奧爾斯帝德想讓愛麗兒大人當上女王的目的是什麼？難道做這種事對奧爾斯

帝德來說有任何好處嗎？」

「他想透過我和阿斯拉王國建立關係。雖然現在還不打算讓阿斯拉王國做什麼，但是在將來好像會請他們幫忙。」

「可是他是龍神對吧？那個人能把穿上魔導鎧的魯迪打得體無完膚耶。就算阿斯拉王國是全世界最頂尖的國家，這樣的人還有需要締結合作關係嗎？」

「因為所謂的權力，可以解決靠腕力無法處理的問題。為了在將來能派上用場，奧爾斯帝德當然也會想要。」

這次所做的是為了布局。只要讓愛麗兒成為女王，似乎就可以對百年後的未來造成影響。

只是這部分很難向希露菲解釋。

因為奧爾斯帝德知道大略的歷史發展。

我不知道奧爾斯帝德在那個歷史上會怎麼去利用愛麗兒的地位，搞不好他根本就不會去動用這份關係。但至少看了日記後，可以明顯得知愛麗兒成為女王的未來對人神而言是不利的。

因此，讓愛麗兒成為女王是勢在必行。

雖說一部分是為了惹他生氣，但阻止對方想做的事情，是打仗時的慣用技倆。

對於奧爾斯帝德來說，這件事有著重要的意義。

只不過對我來說，其實意義不大。

與其說可以獲得好處，壞處反而更多。

一旦我決定要協助愛麗兒登上王位，肯定就會被認定為愛麗兒派系的一員。

到時候，我當然也會被捲入貴族之間的宮廷肥皂劇之中。

老實說，我不認為「成為阿斯拉王國的橋梁」擁有的價值，可以抵銷被捲入宮廷肥皂劇後要面對的壞處。

只是以個人的感情方面來說，我確實想要幫助愛麗兒。畢竟我受過她不少關照，也差不多是時候加倍回報那份恩情。

算了，就別分什麼好處壞處，想得更簡單一點吧。

愛麗兒成為女王，愛麗兒萬歲。達成摯友的目的，希露菲也萬歲。阻止人神的盤算，奧爾斯帝德也萬歲。

希露菲重新迷戀上我，奧爾斯帝德也承認我是派得上用場的傢伙，我也萬歲。

就是這樣。

「算了，不管奧爾斯帝德之後會提出什麼要求，以現階段來看，對愛麗兒來說應該不是什麼壞事。」

「嗯……也對，你說得沒錯。畢竟阿斯拉王國也有很多壞蛋，只要想成是讓壞蛋去對付壞蛋，或許也是個好方法。」

希露菲也說得太絕了。奧爾斯帝德在她眼裡到底是有多壞啊？

雖說在我看來他的確長得很像壞人，但在其他人眼裡是不是會補正得更加誇張？他們是不

是把他看成一個會把初次見面的人殺死的傢伙啊？呃，這點倒是無法否定。

「是否要接受奧爾斯帝德幫助，還得由愛麗兒大人決定，不過……」

希露菲一邊說著一邊瞇起眼睛。

「以我的立場來說，希望能得到奧爾斯帝德不會背叛的保證。」

「保證嗎？」

「是啊。魯迪為什麼不覺得奧爾斯帝德會背叛呢？」

其實我也有想過遭到背叛的可能性。況且，他好像的確有事情瞞著我。

可是與人神相較之下，他更足以信任。而且還是隨傳隨到。

「我也不是沒想過他有可能背叛我們。但是，奧爾斯帝德對我很真誠。只要我不與他敵對，持續證明我派得上用場的話，那傢伙也不會與我們為敵。」

「是這樣嗎……」

希露菲又露出了有些難以理解的神情。

「明白了。那就先不管奧爾斯帝德是不是值得信任吧。」

「這樣好嗎？」

「因為我們現在在這一問一答也無濟於事呀。而且魯迪好像也已經決定要相信他了。」

「算是啦。」

「那這樣只是在各說各話而已嘛。」

希露菲這樣說完，做了個深呼吸。

接著挺直身子，注視著我的眼睛。

「比起相不相信，我想還是先商量好今後的事情比較好喔。魯迪……不，奧爾斯帝德打算以什麼方式讓愛麗兒大人成為女王？」

希露菲以堅定態度說道，這是她平常鮮少在我面前呈現的，擔任愛麗兒護衛時的表情。

她這個表情把原本男孩子氣的部分表露無遺，實在很毅然帥氣。

「目前的話，他打算先說服佩爾基烏斯。」

「龍神和龍王相較之下，我想理當是龍神，也就是奧爾斯帝德的地位比較高，即使如此他還是要說服佩爾基烏斯大人嗎？」

「因為佩爾基烏斯大人對阿斯拉王國有很強的發言力，況且還有政治上的影響力。相較之下，奧爾斯帝德大人對阿斯拉王國並沒有影響力。」

我這樣回答，這是跟奧爾斯帝德現學現賣的說法。

「可是，佩爾基烏斯大人不會那麼輕易妥協喔。畢竟不管愛麗兒大人說什麼他都聽不進去，就算我和路克居中說服他也沒用。」

「好像是這樣。」

就連奧爾斯帝德出面拜託，佩爾基烏斯好像也不願老實同意。

我原本以為他那麼怕奧爾斯帝德，那想必只要他去說一聲就解決了……這表示他果然有自

己的考量吧。

「可是，札諾巴倒是很受佩爾基烏斯大人青睞呢。他好像也很中意魯迪……到底是哪裡不同呢？」

「要說不同，頂多是我和札諾巴志不在成王吧。」

「志在當王真的會讓佩爾基烏斯大人不滿嗎？」

這種想法會不會太過膚淺？

可是我感覺佩爾基烏斯對於「王」的存在，有他自己的獨到見解。

「佩爾基烏斯大人會不會打從一開始就不打算幫助愛麗兒大人呢？」

「不，如果他一開始就不打算幫忙，應該會乾脆拒絕才對。我覺得他應該是在試探愛麗兒大人。」

「是這樣嗎……嗯……」

希露菲雙手抱胸，歪著頭陷入沉思。

「總之，我想在近期內和愛麗兒大人談談，可以嗎？」

「好。那由我來規劃時間吧。我也會跟路克說一聲……到時候我們兩個也會一起列席，可以吧？」

「嗯，沒問題。只是要隱瞞奧爾斯帝德的事情，當作我是被妳和路克說動才決定協助愛麗兒，可以嗎？」

「為什麼要隱瞞奧爾斯帝德的事情？既然魯迪已經是奧爾斯帝德的屬下了，只要說你是遵照上頭命令行事，說不定反而會讓愛麗兒大人放心啊。」

讓愛麗兒得知有龍神作為自己的後盾。

……可是，我不想再給路克，給人神的使徒必要以上的情報。

雖然還沒有確定路克就是人神的使徒啦。

「因為我們不知道人神的手下會在哪探聽，所以我想盡可能隱瞞奧爾斯帝德的目的還有指示。」

「……奧爾斯帝德在和人神戰鬥對吧？你說的人神是那麼壞的傢伙嗎？」

「壞不壞姑且不論，但是他打算殺死洛琪希，還盯上希露菲，甚至要我挑戰奧爾斯帝德借刀殺人。他是我們的敵人。」

「咦？我也被他盯上了啊……」

希露菲這樣說完後立刻環顧四周。

「現在也是？」

「不知道，但我認為他還沒有放棄……」

「那麼，我們得小心身後呢。」

「還得提防夜路。」

我這樣說完，希露菲輕輕笑了一聲。

「在這個鎮上會摸黑襲擊我的人，也只有魯迪而已喔。」

哈哈，被反將了一軍啊。

那麼，今晚我就不客氣地襲擊妳嘍。

就這樣，我和希露菲一起談妥和愛麗兒見面的事宜。

「……然後啊。」

可是，話題還沒有結束。

「既然要幫助愛麗兒大人，表示魯迪也要去阿斯拉王國對吧。」

「嗯，是這樣沒錯。畢竟我也不能只幫忙說服佩爾基烏斯，事情結束就拍拍屁股一走了之嘛。」

我還必須打倒有可能待在阿斯拉王國的人神使徒。

另外，還得尋找那個叫作朵莉絲堤娜的女人。

因此毫無疑問的，我一定得去一趟阿斯拉王國。

「我希望你帶我一起去。」

「……？」

「我知道魯迪希望我留下來照顧露西。也知道愛麗兒大人和路克希望我就這樣待在夏利亞生活。可是，畢竟我都和愛麗兒大人一路走到這個地步了，我果然還是想幫忙。」

希露菲這樣說完，握起我的手。

她用柔軟的手包住我的手，接著用力緊緊握住。

「求求你，魯迪，請你帶我一起去。」

我回握希露菲的手。

老實說，我希望希露菲待在家裡。

雖然這是我的私心，但我還是希望希露菲能在安全的地方照顧露西。

並不是因為我抱著男尊女卑的想法。但是……我沒辦法好好說明，總之我不希望希露菲遭遇危險。

可是，希露菲已經和愛麗兒和路克在一起好幾年了。

自從轉移事件以來，就一直如此。他們的存在對希露菲來說，就好比是瑞傑路德之於我。

要是瑞傑路德遇上危機，我肯定會赴湯蹈火在所不辭。畢竟瑞傑路德就是對我如此恩重如山。雖說一旦事情得和家人的性命放在天枰上衡量的話會讓我感到迷惘，但就算如此，拯救瑞傑路德這件事在我心中依舊占有相當高的優先順序。

希露菲也一定是這麼想的。

在她的心裡，家人肯定很重要，養育露西也是她必須承擔的責任。

可是，一旦朋友遇上危機，理所當然會想幫助她，想為她盡一份心力。

「我明白了。希露菲，就麻煩妳一起幫忙吧。」

「……嗯！」

希露菲露出喜悅的笑容，開心地點了點頭。

此時，我突然想起人神說過的話。

他說希露菲註定會死在阿斯拉王國。

雖然我想不會有那種事，但像這樣請希露菲幫忙，是不是間接地縮短了她的壽命呢？

……是我想太多了。既然歷史正在改變，那就不一定會按照那本日記上寫的發展。

可是，我果然還是得先跟她說清楚才行。

「希露菲。」

「什麼事？」

「人神不會自己現身，而是會操控某人來試圖妨礙我和奧爾斯帝德。」

「……就像魯迪被迫和奧爾斯帝德戰鬥那樣嗎？」

「嗯。」

「那麼，我們得注意那個被操控的傢伙才行呢。」

「嗯。不過，似乎連我們身邊的對象也有可能遭到操控。」

「你說身邊，比方說呢？」

「像是路克。」

我說完這句話，希露菲的表情變得凝重起來。

「魯迪，那不可能喔。奧爾斯帝德的目的是要讓愛麗兒大人成為女王，而人神的目的是不讓愛麗兒大人當上女王對吧。換句話說，路克的行動應該會變成不讓愛麗兒大人成為女王。那種事是不可能的。路克絕對不會變成愛麗兒大人的敵人。」

「可是，他說不定會被人神的花言巧語所騙。因為那傢伙就是像這樣陷害別人。」

「……」

希露菲狠狠瞪了過來。眼神之中該不會還夾雜了殺氣吧？。

我說不定還是第一次被希露菲用這種眼神注視。

「如果路克喪失自我，打算危害愛麗兒大人的話……我就會殺了路克。」

希露菲用堅定的口氣這樣說道，親口說出「殺」這個字。

我第一次覺得希露菲這麼可怕。

「我想不管是路克還是我，都不會想背叛愛麗兒大人。如果因為被某人教唆而打算背叛愛麗兒大人……那不如死了算了。」

可是，我也能夠理解希露菲會這樣說的心情。

如果我發自內心想危害瑞傑路德，艾莉絲或許也會變成我的敵人。

這兩者的意思是一樣的。

「這樣啊……對不起，我說了奇怪的話。」

「不會，魯迪沒有必要道歉。因為魯迪有確實對我坦白。」

希露菲一邊靜靜地微笑一邊這樣說道。

看到她的笑臉，我不由得暗自下定決心。

如果非得殺了路克的那一刻到來……到時候，絕對不能讓希露菲下手。

由我殺了他。

第五話「協助體制」

我前往空中要塞的時候，愛麗兒正在庭園舉辦茶會。

負責在旁服侍的是希瓦莉爾，但卻不見佩爾基烏斯的人影。

而代替他坐在愛麗兒眼前的人是七星。

居然還舉辦茶會，真是游刃有餘啊……儘管我一瞬間閃過這種想法，但並沒有這回事。

愛麗兒的神情猶如精疲力盡的上班族。看樣子她和路克這對主從同時切換成了關機模式。

儘管表面上還是勉強表現出端莊舉止，但是在她的眼角底下已隱約冒出黑眼圈，給人一種相當走投無路的感覺。

她在這種狀態下對七星散發一股「快問我，快問我怎麼了」的氣息。

然而七星卻無視愛麗兒，完全不把她放在眼裡。

只是她看起來非常不自在。看樣子她雖然不排斥和他們一起喝茶，但也不想夾在愛麗兒和佩爾基烏斯之間處理麻煩事吧。

這傢伙真像是無精打采系的主角。

不過就算這樣，她依然沒有起身離去，想必是因為之前她差點病死的時候，愛麗兒也是對她伸出援手的其中一人吧。

雖說愛麗兒只有提供魔道具，但這樣的確也是借了她一個人情。

因此，她看到我出現的時候才會稍微放鬆表情。

「啊，魯迪烏斯。」

「你可以過來這裡坐一下嗎？」

我依言在七星和愛麗兒之間就座。

希瓦莉爾也幾乎在同一時間幫我泡了杯茶。

只是將茶擺在桌上的動作略顯粗魯，對希瓦莉爾這麼優雅的人來說這種舉動實在罕見。但我仔細一看，才察覺到她面具底下透出了冰冷的視線。難道她在對我召喚阿爾曼菲那件事生氣嗎？對不起……

「……那，就拜託你嘍，魯迪。」

一起跟來的希露菲小聲地對我這樣說道，然後就站到愛麗兒後面去了。

我用眼角餘光瞄了一眼，確認路克也在這裡。

在決定參加這場聚會之前，我已經把要協助愛麗兒一事先和路克提過了。他聽到我答應之

後瞬間笑容滿面，還誇獎成功說服我的希露菲。

「是魯迪烏斯先生啊。別來無恙。我聽聞你成為了龍神奧爾斯帝德的屬下，在此鄭重向你祝賀，不過……這樣真的好嗎？」

愛麗兒講起話來毫無霸氣，甚至讓人覺得含糊其詞。

希露菲事前向她介紹奧爾斯帝德時，或許說了不少難聽的話。

「多謝您的擔心。但無論對方是什麼樣的人，跟隨在強大的人物底下總是能令人放心。」

「魯迪烏斯先生也是實力高強……這種類型的人果然會互相吸引吧……像我這種人，根本就不會獲得對方青睞。」

哦哦。愛麗兒開始貶低自己了。她這種消沉的方式看起來相當不妙。

「噯。」

就在這時，七星從旁邊頂了我幾下。

「昨天，奧爾斯帝德有來過這裡。」

「哦，後來呢？」

「我道歉之後他就原諒我了，還說今後也要麻煩我。」

「那就好。」

儘管是簡短的對話，但七星露出一副如釋重負的表情。

世人常說什麼要是道歉就能了事的話就不需要警察了，其實大部分的事情都能透過道歉獲得解決。

不過如果是我被人欺騙，還掉入圈套差點被殺，絕對不會只因一句道歉就能了事……能夠原諒七星，由此可見奧爾斯帝德的度量實在很大。

「我也拜見過奧爾斯帝德大人了。」

此時，愛麗兒用悅耳動聽的聲音這樣加入話題。

她的聲音果然很舒服，在她的聲音之中，散發出一種讓人莫名想跟隨她的領袖魅力。

而且她長相秀麗，擁有我至今見過的人之中最為漂亮的金髮，而且她的美貌更是真實地呈現何謂美麗一詞。儘管我的身邊有許多美少女和美女，但以客觀的角度來評分的話，愛麗兒肯定是第一名。

她的美已經超出人類水準，簡直就是美如一幅畫。是美術，是從美術中誕生的人。

不過她現在失去霸氣，反而給人一種宛若疲累寡婦般的嬌豔。

「奧爾斯帝德大人是很可怕的人物。我明明只是遠遠見到他的身影，居然還會讓我感受到生命危險。」

「他並沒有嗜血成性到會突然襲擊別人，請放心吧。」

這樣啊。愛麗兒也見過奧爾斯帝德了。那還是別跟她說我是聽從奧爾斯帝德的指示行動比較好。

不過，她已經知道我現在是奧爾斯帝德的屬下，說不定隱瞞也沒有意義。

「是啊。他昨天和七星大人喝過茶後就離去，儘管他自始至終都掛著不悅的神情，但即使希瓦莉爾把茶翻倒在他身上，卻也沒有因此震怒。」

希瓦莉爾把茶潑到奧爾斯帝德身上？

她該不會是故意的吧？不對，希瓦莉爾一定是害怕才會一時手滑。

「儘管我覺得氣氛一直很凝重，但難得會看到七星小姐笑得那麼開心。想必奧爾斯帝德大人外表給人的印象相比，其實是個更加寬大，心胸寬廣的人……」

……咦？居然會有這種感想？難道詛咒對愛麗兒沒什麼效果嗎？

雖然說這正合我意……

但有沒有可能是人神搞的鬼？

仔細想想，以人神的角度來看，操控愛麗兒才是最有效率的方法。與其教唆路克誘導愛麗兒，不如直接操控身為領頭羊的愛麗兒，這樣反而能省去不少麻煩。

不過，奧爾斯帝德倒是從未暗示過這種可能性……

難道他有愛麗兒不會被人神操控的根據嗎？

「其實，奧爾斯帝德大人只是因為詛咒才會遭到他人厭惡。」

「原來是這樣啊。既然如此，我或許應該也向他打聲招呼才對……因為我遠遠地看他就害怕到全身發抖，要是近距離聽到他的聲音，或許會忍不住失禁呢。」

愛麗兒雖然臉上笑咪咪的……但她剛才是不是說失禁來著？

「不過呢，在別人面前失禁實在是非常舒服……」

「咦？」

「愛麗兒大人！」

希露菲的聲音聽來就像是在說「不行喔」提醒愛麗兒。

剛才我好像聽到她說失禁會很舒服什麼的……算了，就當作沒聽到吧。

畢竟阿斯拉王國的貴族大多都是變態嘛，嗯。

不過話說回來，這個宛如從美術課本中跳出來的人居然說失禁，聽起來實在不道德。

「魯迪！不要在愛麗兒大人面前露出色瞇瞇的樣子！」

「Yes Ma'am！」

我不禁確認了自己的臉。真的有那麼色嗎……

我的確是個變態，不過基本上我只想看到自己喜歡的女孩失禁。比方說希露菲啦。

不對，我不會要求希露菲做這種話，畢竟我可不想被她討厭。

「嗚哇……」

七星露出一臉傻眼的表情，但總之先別管她吧。

「嗯哼。總之，當我聽聞魯迪烏斯先生成為了奧爾斯帝德大人的屬下，也可以理解為何會有這樣的結果。」

「哦，為什麼呢？」

「因為我認為能令魯迪烏斯先生臣服的人，起碼得是那種才華出眾的人士。」

是這樣嗎？我倒覺得要讓我臣服很簡單啊。

要是希露菲晚上在床上要求「那個，魯迪，有件事想拜託你」，我肯定會輕易言聽計從。

不，這絕對不是代表我希望愛麗兒對我做那種事。

意思是我希望的東西既庸俗又渺小，是個會被金錢和女人牽著鼻子走的男人。

總之，差不多該切入正題了，這次要討論的是協助愛麗兒的那件事。

「才華出眾……比方說，像是愛麗兒大人？」

聽到這種有點拐彎抹角的說法，愛麗兒掩著嘴，瞇起眼睛說道：

「哎呀，魯迪烏斯先生也會說那種客套話呢。」

其實這不是客套話。

最近實在太過習慣，都忘記愛麗兒也是阿斯拉王國的公主。

對照前世的地位階級，她大概就等同於英國皇太子一樣。就算能在典禮上看到本人也沒辦法交談，更別提有這種像現在這樣圍在桌邊聊天的機會。她就是這種不同世界的存在。

然而，除了自身的立場之外，愛麗兒也對自己下了不少投資。

目前在魔法都市夏利亞擔任要職的人士之中，幾乎都在為愛麗兒撐腰。

魔法大學校長、副校長、魔術公會的高層人馬、魔道具工房的領袖、商會經理以及冒險者公會的分部長。據我所知大約是這些人，但如果搬出愛麗兒的名字，基本上不管在哪都會受到禮遇。

至少在魔法都市夏利亞主要產業的頂尖人士，說他們都和愛麗兒有交集也不算過於誇大。

簡而言之，我想說的就是人脈這方面的力量，也足以視為才華的一環。

所以愛麗兒自然也是才華出眾。

「其實，我也曾經考慮過要拉攏魯迪烏斯先生成為我的屬下。」

「哦？」

「只是我很快就放棄這個念頭。這之中有各式各樣的理由，但是最大的理由是因為……你很有可能是我無法駕馭的燙手山芋……」

愛麗兒望向旁邊。

呈現在美麗庭園另一側的，是宛如地面的冉冉白雲。和蔚藍的天空一起延續到遙遠的另一端。

她一邊看著眼前的景象，一邊喃喃這樣說道：

「『持有與己身不符力量之人啊，毀滅吧』。」

當下還以為這句話是對我說的。

但並不是。愛麗兒緩緩地轉向這邊繼續說下去：

「我年幼時曾在阿斯拉王宮觀賞話劇，這是劇中的魔界大帝奇希莉卡·奇希里斯的台詞。」

那絕對是騙人的。肯定是誰捏造出來的歷史。

那個幼女不可能會說出這麼帥氣的話。

「被黃金騎士阿爾德巴朗擊敗之後，奇希莉卡在臨死之前，對阿爾德巴朗拋下了這句宛如詛咒的話語。」

「……是喔。」

「後來，儘管阿爾德巴朗成為人族之王，卻也遭到周遭人士忌憚，最後因為部下的背叛遭到殺害。」

是一部表現出人性寫實一面的話劇。是說，這跟我知道的歷史完全不同。

「每當阿斯拉王族的年齡到了一定階段，一定會演出那齣話劇。」

所謂的年齡到了一定階段，是指五歲、十歲還有十五歲的生日吧。

阿斯拉王國習慣在這幾個時期舉辦盛大的派對。

既然貴為王族，那演齣話劇也是稀鬆平常的吧。

「當然，內容和史實有所出入，可是我聽說在這齣話劇之中，包含了阿斯拉王族應具備的一切心態。」

果然和史實不同。

也對啦，畢竟和我知道的歷史完全不同嘛。

黃金騎士阿爾德巴朗和奇希莉卡．奇希里斯是同歸於盡。不，我記得實際上是魔龍王拉普拉斯和鬥神之間的對決。算了，怎樣都好。

「一切心態，是嗎？」

「是的。戰鬥、勝利，再來就是統治，這就是身為王的一切。」

「……」

「但若真是如此，為什麼阿爾德巴朗還會遭到背叛而死？難道從前創作這齣戲劇的王的意思，是阿斯拉王國會在下一代滅亡嗎？我從小就對此抱有疑問。但是，我在十五歲那年才突然領會，其實劇中的那句『持有與己身不符力量之人啊，毀滅吧』，已經道盡了一切。」

愛麗兒這樣說完後，又再次望向無邊無際的天空。

「過於強大的力量，會將自己推往破滅的道路。既然如此，就不該擁有過於強大的力量，而是要靠適合自身能力的力量去開拓未來才是。能夠控制己身所有力量，才能邁向成王之道。我現在依舊這麼認為。」

……愛麗兒低下頭，細長的睫毛在桌上浮現陰影。

「我心裡很明白，不論是佩爾基烏斯大人還是魯迪烏斯先生，你們的力量對我來說實在太過沉重。」

愛麗兒換上了一如往常的柔和笑容。

然而，表情卻像是快哭出來一樣。

「我最後會再向佩爾基烏斯大人拜託一次，如果還是不行，我考慮就此放棄。」

「妳要放棄嗎？」

「是的。當然只是放棄請佩爾基烏斯大人做我的後盾，我依舊還是會在成王國王的道路走下去。因為我認為登上阿斯拉王國的王位，對我來說並非過分的要求。」

「……」

該怎麼說，聽了讓人都想嘆氣了。

過分還是不過分什麼的。

「愛麗兒大人。」

「是，請問怎麼了嗎，魯迪烏斯先生？」

「請問，我是哪個部分讓妳覺得強大呢？」

強大什麼的，特別什麼的。

的確，我在前世曾經夢想自己是那樣的存在。

但是在前世因為自己是毫無根據地這麼夢想，然後失敗了。

所以到了今世，我才會特別叮囑自己並不是特別出眾。實際上，似乎也沒有達到能稱得上是特別的水準，我想這應該沒錯。

「魯迪烏斯先生了不起的地方並非三言兩語就能說明……不過最特別的，就是你的魔力總量。」

「魔力總量。」

在這部分，我或許真的比其他人來得出色。

這都要歸功於體內的拉普拉斯因子，讓我的魔力總量多到驚為天人。

說不定這是普通人類再怎麼努力都無法涉足的領域。

而這點，的確也對我的人生起了莫大的幫助。

但是，並非單憑魔力總量，就能讓我的人生路上走得一帆風順。一直以來解決我問題的，總是因為其他過程。

「您說得沒錯，如果能靠魔力總量就把我煩惱的事情一併解決的話，我或許也會覺得自己很強大。」

「有什麼事情讓你煩惱嗎？」

「我每天都在煩惱喔。尤其最近總是在煩惱『該怎麼向家人說明才好』，都快把我壓得喘不過氣了。」

害怕人神的追殺，看到龍神就直打哆嗦，不知道該怎麼向家人說明才好，謊話連篇，支吾其詞。

這樣的我很強大？可以別開這種玩笑嗎？

「我不清楚佩爾基烏斯大人的情況如何……但起碼我並不算強大。我是妳摯友希露菲的丈夫，只是魔力總量稍微多了一點，認識了比較多奇怪的朋友，是個總是在煩惱，隨處可見的魔術師。」

這番話裝模作樣到我都快滿臉通紅了。但這是我的真心話。

我握住愛麗兒放在桌上的手。

她的手很柔軟。手指纖細到好像會被折斷。

感覺希露菲正在我的視野範圍外板著一張臉……但麻煩妳現在先稍微克制一下。

「愛麗兒大人。其實我今天之所以會來，並不是為了和您在此閒聊。」

「那麼，你是來撩我的嘍？」

就算手突然被握住，愛麗兒依舊維持她一貫的表情。

她的笑容很柔和。儘管笑起來略顯疲態，但這就是她的撲克臉。

「如果妳願意被我撩的話，聽起來也是很有魅力的提案……其實，是路克還有希露菲他們倆拜託我來的。」

聽到這句話後，愛麗兒難得以慌張的動作回頭望去。

在眼前的是面不改色的希露菲，以及有點慌張地低頭的路克。

「他們兩個希望我幫助愛麗兒大人。」

我話一說出口，愛麗兒的手也跟著用力。

力道大到甚至讓我疼痛，難以想像那纖細的手指會有如此力量。

「他們兩個，向你拜託這種事……？」

「我不打算擺出一副高高在上的態度，說什麼『只要拜託我魯迪烏斯．格雷拉特就行了』。我想說的是別的。」

如果是平常的愛麗兒不知道聽了之後會有什麼樣的反應？我突然緊握她的手這樣說道。

「妳願意讓我幫助妳嗎？」

我這樣說完之後，愛麗兒的眼裡流下了一行淚水。

雖然是很漂亮的眼淚，但不解的是，我看到愛麗兒流淚卻感到很意外。

這是為什麼？

愛麗兒立刻用空著的另一隻手拭去淚水，擺出破涕為笑的表情。

「我還是第一次聽到這麼動人肺腑的撩妹金句呢。」

因為她的表情一本正經，所以我清楚那是隨口說說的玩笑話。

既沒有面紅耳赤，也沒有哭泣，而是身為一名公主該有的表情。

「這的確是非常令人感謝的要求……只不過……」

愛麗兒沒有馬上點頭，而是收起下巴，眼睛微微往上觀察著我的表情。

彷彿是在試探我的真正意圖。

「我聽聞魯迪烏斯先生已成為奧爾斯帝德大人的屬下，那麼他會原諒你自作主張嗎？」

「我已經事先和奧爾斯帝德大人談妥了。」

「這表示，魯迪烏斯先生是基於奧爾斯帝德大人的指示而行動的嘍？」

奧爾斯帝德的詛咒對愛麗兒效果不佳，感覺就算光明正大地說是奧爾斯帝德要求我幫忙的也不會有問題。

但還是先按照原訂計畫，隱瞞奧爾斯帝德的目的。

「事情並非您想的那樣。是我主動向奧爾斯帝德大人提議幫助愛麗兒公主，他吩咐我可以自由行動。」

「……原來是這樣啊，我明白了。感謝奧爾斯帝德大人的厚意。」

我用視野一角瞄到希露菲正噘著嘴巴，不過這也無可奈何。

「那麼就拜託你了，魯迪烏斯先生。」

「嗯，我才要請您多多指教。」

我用和剛才不同的方式重新握住愛麗兒的手，這次是用手心握住手心。

好啦，既然已經締結協力體制，該繼續把話說下去了。

「為了讓愛麗兒大人登上王位，請求奧爾斯帝德大人協助也是一個方法……但是那位大人對阿斯拉王國幾乎沒有任何影響力，我想應該不能發揮什麼作用。」

我厚著臉皮拋下這個前提，接著提出正題。

「因此，我認為獲得佩爾基烏斯大人的幫助，才是當前的重要之舉。」

「說得沒錯。」

愛麗兒換上一本正經的表情，重新在椅子上就座。

或許是我多心，好像連希露菲和路克的表情也更加變得專注。

奧爾斯帝德說過，是否能說服佩爾基烏斯是這次行動中的重要一環。

代表佩爾基烏斯對阿斯拉王國的影響力就是如此之大。

可是，問題在於該怎麼說服他……

我記得以前佩爾基烏斯曾說過這句話，我也講講看吧。

「『身為王最重要的素質究竟是什麼，只要妳能自己親口說出這點，那吾就助妳一臂之力』。」

愛麗兒的眼角抽動了一下。這是她煩惱再煩惱，依舊無法找出答案的問題。

「身為王最重要的素質，到底會是什麼呢？」

以前愛麗兒對這個提問回答「知識淵博，會傾聽大臣的諫言，具有身為王的自覺……」，但佩爾基烏斯卻說不對，搖頭否定。

當時他也有順便把問題拋給我，我的回答是「我認為比起自己的能力，肯願意站在國家還有民眾的立場去思考的人當上國王，應該會更加開心吧」，記得他的感想是「像樣的回答」。

既然只是像樣，換句話說，我的答案也不算正確解答。

如果奧爾斯帝德說的話是真的，原本和這個相似的命題，應該是由那位叫迪利克．雷特巴特的人物回答出正確答案。

而且，奧爾斯帝德也提到這個問題與卡瓦尼斯．夫里安．阿斯拉有關。

算了，反正歷史似乎有所出入，不能保證這次也是相同的提問。

總之，我馬上提案看看吧。

「如果我記得沒錯，佩爾基烏斯大人曾是卡瓦尼斯王的戰友對吧？」

「是的，這件事相當有名。佩爾基烏斯大人在提到卡瓦尼斯大人時，也會露出一臉非常懷念的表情。」

「那麼，身為王最重要的要素，會不會就在卡瓦尼斯王身上？。」

「或許如此。」

「應該有辦法查到卡瓦尼斯王的事蹟吧？畢竟資料自然是越多越好。」

我提案的時機實在恰到好處。

然而，其他三人聽了之後卻臉色凝重。

「那個，魯迪烏斯先生，有件事實在很難以啟齒。」

「我說了什麼奇怪的話嗎？」

「不，我們之前也有想過要調查卡瓦尼斯王的事蹟。可是無論是在拉諾亞王國的圖書館還是這座空中要塞的圖書館裡面，情報之中都無法找到與卡瓦尼斯王有關的『重要線索』。」

噢，原來他們已經查過了。

但仔細想想，這也是理所當然。

佩爾基烏斯和卡瓦尼斯是盟友這件事相當有名，不去調查反而奇怪。

「如果是阿斯拉王國的王立圖書館，在卡瓦尼斯王的自傳上應該會記載著更加詳細的情報才是……」

要調查阿斯拉國王的情報，最好的方法當然是去阿斯拉王國的圖書館尋找。

但是在目前這種情勢之下，要前往阿斯拉王國圖書館的難度更是不在話下。

「那可傷腦筋了……那麼……」

那麼，接著應該要打聽迪利克這名人物的情報吧。

可是該怎麼問呢？正常來說，我應該不知道迪利克這個人。

「啊，那個，在詳細討論之前，我想先說一件事……」

愛麗兒突然打斷對話，偷瞄了希瓦莉爾一眼。

「我們的對話全都會被佩爾基烏斯大人聽見，請問這樣好嗎？」

「……？我想佩爾基烏斯大人應該也聽得樂在其中才是。」

「可是所謂的王究竟是什麼的這個提問，可以集合好幾個人商量，再做出回答嗎……」

噢，原來如此。

她認為王應該要一個人煩惱，獨自思考。不過真的是這樣嗎？

此時我望向希瓦莉爾，她緩緩地動了動背後的翅膀。

「無論愛麗兒大人用何種方式找出答案，只要那個答案是正確的，佩爾基烏斯大人自然會助您一臂之力。」

她的態度簡直就像是在說「畢竟佩爾基烏斯大人宅心仁厚」。

「那麼，打從一開始我就可以找別人商量了嗎？」

「佩爾基烏斯反而對您為何要一個人獨自煩惱，感到非常不能理解。」

聽到這句話後，愛麗兒露出苦笑。

「我自以為是的想法，反而讓行動受限了呢……」

愛麗兒低聲說道，接著像是要切換心情似的挺起身子。

她用雙手把頭髮大幅往上撥，在撥亂那頭金髮之後，接著扣住雙手向上高舉，用力伸了懶腰。

接著左右扭動脖子喀啦作響，使勁拍打自己的臉頰，做出了完全不符合公主形象的舉動。

自以為是的想法會導致行動受到限制，這種狀況十分常見。

得要這麼做才行。應該要這麼做。肯定是這樣沒錯。

這種先入為主的觀念以及偏見，往往會導致人們沒辦法採取真正該做的行動。

然後當發現不對，理解到不需要這麼做的時候，人們總是會突然得到一種宛如視野開闊起來的解放感。

我在被洛琪希帶出家門的時候，也曾經體驗過類似滋味。

「好！那麼，希露菲、路克，你們兩個也坐下。」

「是！」

「明白了。」

兩個人開心地就座，使得七星更加覺得不自在。

「那麼，開始會議吧。」

愛麗兒在說這句話時和第一次見面那時相同，語氣中充滿自信。

應該要拍手嗎？不對，還是算了吧。我應該要做的是舉手發言。

「在那之前，我希望先讓彼此都有個共識，可以嗎？」

「共識，是嗎？」

「是的，仔細想想，我對愛麗兒大人其實一無所知。」

「也對……你想知道什麼呢？」

愛麗兒的臉頰微微泛著紅暈，希露菲則是目不轉睛地盯著我。

我不會問什麼三圍啦。畢竟現在是在講正經事。

「首先，就麻煩愛麗兒大人從妳為什麼想登上王位這個部分開始告訴我吧。」

愛麗兒想登上王位。

關於這個理由，我之前也略有耳聞。

我記得……應該是為了死去的人們什麼的，只要循著這點討論下去，應該就會出現迪利克這個名字。

「我想之前應該已經告訴過你了喔。」

「咦？我問過了嗎？」

「是的，我在魯迪烏斯先生和希露菲舉辦婚宴那時說過。」

「原來是這樣啊……不介意的話，我想麻煩愛麗兒大人重新告訴我一次。」

我這樣說完，愛麗兒一臉理所當然地開始說道：

「是因為無法成王的話，我就沒有臉去面對那些相信我而死去的人們。」

「原來如此，相信妳而死去的人們……可以讓我詳細聽聽那些人的事情嗎？」

聽到我這樣說，愛麗兒不解地歪頭，莞爾一笑。

「那件事和我們討論的問題有關嗎？」

啊，這是拒絕回答的表情。看樣子她並不想說。

「我不清楚其中有沒有關聯。但是在我看來，佩爾基烏斯大人正在試探愛麗兒大人。那麼，我們可以嘗試挖掘愛麗兒大人的內在，這樣一來說不定就能掌握新的線索。」

「原來如此。」

雖然只是隨口說說，但我講得還真像一回事。

但是老實說，我對什麼是真正的王完全沒有頭緒。

頂多是以前看過某本小說上寫著「王者是為了人民而活？不對，能夠領導人民的人才配稱為王者」之類。就憑我這種程度，就算想破腦袋也無法釐出一個答案。（註：出自《Fate/Zero》，劍兵以及騎兵對王者的解釋）

「請讓我先想想。話雖如此，一直以來，我們失去了許多伙伴。尤其是在我逃離阿斯拉王國時逝去的那十三人……四名騎士，亞利司提亞、卡拉姆、德米尼克、塞德里克。三名術師，凱溫、約翰、巴別特。六名隨從，維克特、馬爾司蘭、貝爾那狄特、艾德威、弗洛蘭斯、柯利奴。這十三人的名字，想必會令我永生難忘吧。他們和我一起踏上艱辛的旅程，一同奮戰，共同克服苦難。而且每一個人在臨終之前的願望，都是希望我能登上王位。」

咦？怎麼沒提到迪利克這個名字，奇怪……

據奧爾斯帝德所言，他應該已經不在人世。難道他對愛麗兒來說，並不是那麼重要的人物嗎？不對，如果迪利克還活著的話，也可能會從這十三個人得到線索。

「請讓我聽聽這些人個別的詳細經歷。」

「我明白了，故事會稍微長一點，方便嗎？」

「沒關係，因為沒有一個人是不重要的人物。」

我說完這句話後，現場的氣氛不知為何稍微緩和了一些。

愛麗兒露出微笑，路克露出了意外的表情。或許是我多心，希露菲看起來也十分驕傲。

唯獨七星一臉尷尬。

「那麼……」

愛麗兒用不急不徐的語氣，述說那十三人的經歷。

包含出身為何，在哪成長，又是因為什麼樣的契機遇見愛麗兒。

另外還有每個人的個性為何，他們喜歡什麼，討厭什麼。

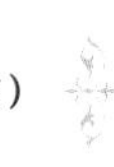

認為哪個部分會讓人引以為傲，交談過的內容，因為什麼事情歡笑、動怒或是哭泣，誰和誰感情要好，誰喜歡誰，誰又討厭誰什麼的。

以及，他們走上了什麼樣的人生盡頭。

每個人都有自己的故事，都是活生生的人類。

就算只聽愛麗兒口述，也可以充分理解每一個人的為人。

再加上每說到一個段落，路克和希露菲就會開口補充敘述。

我想，他們三人對那十三人的一切肯定都記憶猶新，要是問他們幾人同樣的事情，想必都會回答相同的答案。不在場的那兩名女隨從在內也肯定如此……

在未來的日記裡面，希露菲是因為我變成廢人，所以才決定跟隨愛麗兒離開。

但是，就算我沒有變成廢人，希露菲會不會也跟隨愛麗兒離我而去呢？他們彼此的羈絆堅強到甚至讓我湧起這樣的想法。

真讓人有點嫉妒。

可是，為了自己而死。為了保護自己而死。

我自認很清楚這種事的意義有多麼重大。所以，我很高興希露菲也同樣了解這點。

「以上，我說完了。」

「原來如此……」

然而可惜的是，從那十三人的生平當中，完全沒辦法讓我對成王的要素有任何頭緒。

換個角度想想，他們之間的羈絆，會不會正是王者的證明？

畢竟像亞瑟王的圓桌也有十三個席次。

不對，要是把愛麗兒身邊活下來的人也算進去的話數字就對不上了。

「啊，不對，我忘了一個重要的人。」

差不多該來了吧。

「他叫迪利克．雷特巴特。」

看，來了吧！沒錯沒錯，我等的就是這傢伙。

「……」

然而愛麗兒卻皺起眉頭，擺出了傷腦筋的表情。

「妳怎麼了嗎？」

「不……老實說，我現在才想到自己實在不太了解他。」

唔……迪利克死前還沒和愛麗兒打好關係嗎？

那可傷腦筋了。按照原本的歷史，他們應該會共同奮戰，一起行動，生死與共，藉此建立信賴關係，進而對彼此推心置腹……但是卻沒有。

既然沒有回憶，我就無從得知迪利克是什麼樣的人，甚至無法推測他是用什麼方法說服佩爾基烏斯。

「沒有辦法想起什麼嗎？就算只是瑣碎小事也行。既然妳說他是很重要的人，肯定有什麼

原因吧？」

為了突破僵局，我向愛麗兒持續追問。

「說得也是……該怎麼說呢，迪利克是個耿直的人。」

愛麗兒口中的迪利克，該怎麼說呢，是個很普通的人。

是那種隨處可見的聰明魔術師。

嘴巴很囉唆，久經世故，十分適合嘆氣這個行為。每當他看見愛麗兒自作主張，總是會擺出苦澀的表情嘀咕幾句。

就形象來看，比較接近克里夫那型。不對，如果真要分類，應該是吉納斯副校長才對。

總之，感覺是個將來會變成嘮叨爺爺的那種人物。

「當時的我完全沒有符合王者的條件，只是日復一日過著怠惰的生活。根本沒有想要登上王位的念頭……然而就在這時，發生了那起轉移事件。魔物突然出現，迪利克為了保護我而死。他最後留下的願望，是希望我成為女王……所以我才會以登上王位為目標。」

「……原來是這樣啊。」

可是，愛麗兒明明可以把剛才提到的那十三個人的生平鉅細靡遺地向我說明，但聽了她剛才這番話，卻無法讓我明確感受到迪利克的想法和目標。

這樣一來根本不能當作提示。

沒有其他方法嗎？有沒有什麼問題，可以從愛麗兒身上打聽到有關迪利克「人格特質」的部分嗎？

「仔細想想……」

正當我唸唸有詞的時候，一名意想不到的人物出聲說道：

「那傢伙對愛麗兒大人登上下任王位一事沒有任何懷疑。每次他只要針對事情提出意見，總是會說因為愛麗兒大人能當上女王。」

是路克。路克用手托住下巴，用一種很像那回事的姿勢如此說道。

「我猜他其實知道身為王者最為重要的要素是什麼。正因為愛麗兒大人擁有那個要素，他才會深信愛麗兒大人會成為女王。」

喔喔！路克！

沒錯。路克也和愛麗兒一樣，是和迪利克親近的人。

不對，我得留意路克的發言才行。因為他會這麼說，有可能是因為得到人神的建議。

我還是得假設路克的提案都潛伏著危險才行。

就算他本身沒有惡意。

「原來如此，你說的確實也有可能。」

愛麗兒重重點頭。就像是在認同迪利克從前對她說過的話。

「可是就算真是這樣，迪利克也已經不在人世。」

路克這句話一說，所有人頓時陷入沉默。

事到如今，我們也無法得知迪利克內心的想法。

「……」

氣氛好凝重。或許是因為談論的對象都已不在人世，反而讓他們勾起太多回憶。

「總……總之，我們再稍微思考一下有沒有什麼線索吧。」

我嘴上這麼說，但依舊沒有辦法緩和這股沉重的氣氛。

到頭來，我們那天始終沒有提出任何建設性的意見，就地解散。

第六話「奧爾斯帝德的策略」

「——大致上是像這種感覺。」

和愛麗兒討論完後，我立刻回到奧爾斯帝德身邊向他報告。

如果路克的任務是負責向人神回報，那我就是負責向奧爾斯帝德回報。我把事情一五一十地向他報告。

這種感覺就像是在暗中告密。別名——打小報告的魯迪烏斯。

「原來如此，卡瓦尼斯的情報啊……」

「請問我該怎麼做呢？」

我這樣發問，同時也在腦中浮現出「搞不好他會叫我自己好好思考」這句話。

不是啦，我平常也不會像這樣一遇上事情就一直問別人的喔。

我認為有自行斟酌，靠自己做到某種程度。

不過，我才剛成為奧爾斯帝德的屬下。

對於要靠自己的判斷做到什麼地步，其實還很模糊。

為了要釐清界線在哪，這次我打算比平常還要再稍微仰賴一點他的判斷。

畢竟我不想被到時被他罵說為何要自作主張。

基本上，雖說是要仰賴他的判斷，但我並不是想直接獲得正確答案。

我想要的不是正確答案，而是為了接近正確答案所必須的情報。

所以要像這樣蒐集情報，培養判斷力。

再來，萬一他真的要我自己思考，我也姑且想好了備案。

這個方法，就是由我和奧爾斯帝德藉由轉移魔法陣潛入阿斯拉王國圖書館，從那裡竊取必要的資料帶回來。

要是奧爾斯帝德沒有任何意見，我就打算提出這個意見加以實行。

「那麼，你們就前往圖書迷宮吧。」

但是卻出乎意料地得到了其他答案。

「圖書迷宮？」

那是什麼？

「那是將全世界的所有書本都製成抄本，並加以存放的迷宮。」

奧爾斯帝德或許是察覺到我的表情有異，主動為我說明。

存在著全世界所有書本的圖書館。居然還有那種地方啊……

「請問是抄本是怎麼樣被製造出來的呢？」

「是被某個喜歡書的魔王運用魔眼之力抄寫下來。」

我的腦海裡浮現出把奇希莉卡、巴迪岡迪以及阿托菲加起來除以三的傢伙，六隻手拿著不同的漫畫開心大笑的景象。

為什麼他要這麼做？對了，因為他是魔王。魔王之中有這種人也很正常。

「可是，總覺得好像很方便呢。」

既然有全世界的所有書籍，表示那裡也收納著世上所有情報。

雖說有些情報不會記載在書上，但光是這樣，數量想來也相當驚人。

就像是魔法版的維○百科。要是傷腦筋的時候只要去那裡調查，大部分的問題應該都能獲得解答。

「這倒未必。因為那裡完全沒經過整理。」

「噢，原來如此……」

就算有著極為龐大的情報，但既然不能搜尋必要的情報，也等於毫無意義。

像字典之所以偉大，就是因為會把單字按照五十音順序排列，藉此馬上找到想知道的單字。

把一直以來就存在的所有書籍雜亂無章堆放的圖書館……不難想像光是要找出一本書就得耗費多少時間。

「可是，這樣的話應該也沒辦法得到卡瓦尼斯的情報吧。」

「那裡有許多撰寫卡瓦尼斯．夫里安．阿斯拉事蹟的書籍，也根據年代經過整理。儘管要蒐集所有資料並非易事，但種類至少比阿斯拉王國的國立圖書館豐富。」

這樣啊。所以魔王也不是以亂數方式去抄寫書籍，而是按照被撰寫的順序抄寫下來。換句話說，越老舊的書就排在越老舊的書架，越新的書就排在越新的書架。

這樣一來，要找到我們所需的資料也的確不無可能。

更何況卡瓦尼斯是阿斯拉王國的偉大國王，是戰爭的英雄之一。想必會有許多相關書籍。

「那麼，請問那個地方在哪？」

「在魔大陸的亥雷司地區，位於惡靈之森的深處。」

「那移動方式當然是……？」

「使用轉移魔法陣。」

自從移動方式完全仰賴轉移魔法陣後實在很方便啊。真懷念當初和瑞傑路德以及艾莉絲三個人從魔大陸旅行到中央大陸的那個時期。

「我明白了。總之我會先向愛麗兒他們這麼提議。」

話雖如此，如果說是我想到的會很不自然，就當作是我從奧爾斯帝德身上探聽出來的情報好了。

到時提到奧爾斯帝德的名字，肯定會引來他們一陣反對，但這個時候就得發揮我的交涉技巧了。

畢竟奧爾斯帝德也是期待我在這方面有所發揮，才會拉攏我當他的屬下。

「魯迪烏斯。」

「是？」

正當我準備轉身離去，奧爾斯帝德突然叫住我。

「如果你們查了卡瓦尼斯的資料，也始終找不到答案的話，就找這個。」

他說完這句話後，遞給我一張疑似書籍封面的圖畫。

畫得相當精緻，該不會是奧爾斯帝德畫的吧？

「這是？」

「看就懂了。如果找了卡瓦尼斯的資料就能把事情處理好，到時也就不需要這本書了。」

他這句話聽來有很深的含意。

總之，我把畫有圖畫的那張紙收入懷中，隨後離開現場。

向奧爾斯帝德報告完後，我回到了空中要塞。

時間已經完全進入深夜。

空中要塞似乎沒有特別制定門禁時間，阿爾曼菲一如往常讓我進入要塞，但因為佩爾基烏斯已經就寢，所以他叮嚀我在城內要保持安靜。

愛麗兒應該也已經睡了吧。

我或許不該急忙跑來空中要塞，應該先回家一趟才對。

不過既然都來了也沒辦法。

今天就在空中要塞住一晚，明天一大早再向愛麗兒討論圖書迷宮那件事吧。

我一邊這樣想著，同時在走廊漫步前往客房。

就在這個時候，我突然感覺視線的角落存在著某種生物。

難道是蟑螂？沒想到會出現在標高這麼高的地方。就算是佩爾基烏斯的精靈，也無法完全防範那群傢伙入侵嗎？而且仔細想想這裡還有老鼠……當我正在胡思亂想時，才發現有動靜的地方似乎來自窗外。

呈現在窗外的，是受到皎潔月光照耀，美麗的夜之庭園。

儘管沒有那麼明亮，但仔細觀察之後，會發現有某個人坐在設置在庭園的桌子旁邊。

都這種時間了會是誰啊？

難道希瓦莉爾還在加班嗎？

我一邊這樣想著，同時自然而然地走進庭園。

「噢。」

當我離開建築物踏入庭園，映入眼簾的是一道美麗的景象。

被皎潔明月照射的草地隱約發著亮光，進而開出一條前進的道路。

而在白天不醒目的花朵，也因月光而綻放光芒，只要沿著這條道路走去，就能看到和白天相異的景象。

看到眼前這一片充滿幻想的光景，也不難理解希瓦莉爾為何動不動就想炫耀的心情。

此時，我走到位在庭園的桌旁。

這張圓桌經常被愛麗兒和佩爾基烏斯用來喝茶。

此時我發現，有一名女性坐在那裡。

她臉上沒有戴面具，既然如此，答案就只有一個人。

不對，七星最近也不常戴面具，所以實際上是二選一……

不管怎麼樣，坐在那裡的是堪稱這一帶最為美麗的絕世美少女——愛麗兒。

她愣著一張臉……我換個說法，她以一副生無可戀的表情眺望著眼前這充滿幻想的庭園。

「愛麗兒大人？」

「咦？」

聽到我出聲搭話，她猛然抖了一下，然後回頭查看。

「啊，是魯迪烏斯先生啊……」

「您怎麼這個時間還在這種地方，是怎麼了嗎？」

我這樣詢問後，愛麗兒露出一臉疲憊的表情並移開視線。

「我睡不著，所以偷溜出來了。」

「您沒有知會希露菲和路克嗎？」

「真是抱歉。因為我想一個人稍微吹一下夜風。」

我並沒有責備她的意思……算了，畢竟愛麗兒的性命受到覬覦，而她也對這點自知甚深。想必她是基於自己的立場而道歉。

「沒關係，因為每個人都會有這種時候。」

「王也會有嗎？」

「因為王也是人類，自然也會遇上這種狀況。」

「……」

王不能讓人看到自己懦弱的一面。儘管我也曾經聽過這種說法，但是再怎麼說也只是不能讓人看見，並不代表不存在。

人一旦懦弱，就會容易胡思亂想。

「請問妳在想什麼呢？」

我故意坐下陪她。

儘管她想要獨自吹吹夜風，但我也有事情想先跟她說清楚。

雖說明天再提也行，但我想還是快點傳達比較妥當。

「我在想，自己是不是不適合當王。」

這時，愛麗兒冷不防說了一句不太恰當的話。

「在我看來，您十分出色。」

「我們王族很擅長做好表面工夫，所以只是看起來如此。」

「那麼，您指的是內在的部分嗎？」

「……到頭來，我只是沒有臉面對大家，才會以成為女王為目標。其實我不禁會認為，自己根本不適合當個女王，會不會像以前那樣和路克講些粗俗的話，有一天因為政略結婚而嫁給某個貴族，那樣才是適合我的生活呢？」

愛麗兒用氣若游絲的聲音——

說著我至今從未聽過的懦弱台詞。

「這……這個……」

不行，這樣不行啊。她沮喪過度，已經進入負面的循環之中。

要是她接著說什麼不打算以當女王為目標的話可就傷腦筋了。

因為奧爾斯帝德打算讓愛麗兒成為女王，也已經為此展開行動。

嗯，就算無視我這邊的處境，他也會繼續進行。

雖然我沒有明講，但其實我心裡也相當認同愛麗兒。她在政爭上敗北，像是被趕出國家般落荒而逃，即使如此她也沒有放棄，而是從頭開始鞏固基礎並增加戰力，一路努力至今。

這之間起碼花了五到六年之久。

如果是我的話，可能進行到一半……不對，應該在遭到國家追殺的當下就已經放棄了。就像當初以為自己被艾莉絲拋棄那時一樣。

我不希望她在這裡放棄。

愛麗兒就算心靈受挫，也一定會做好表面工夫，回到阿斯拉王國。

但是一旦失去鬥志，再怎麼樣都贏不了。

眼神中沒有蘊含力量的人，有誰會願意助她一臂之力？

……我想，未來日記裡的愛麗兒肯定就是這樣。

她在沒有獲得佩爾基烏斯協助的情況下前往阿斯拉王國，然後遭到背叛因而死去……儘管這種未來不過是我的猜想，可是這種心情會形成重要時刻的轉捩點。

我並不是要提倡毅力論，但是在真正的緊要關頭，心境也有可能成為勝負的關鍵。

「愛麗兒大人。」

然而，我卻不應該對她說什麼。

畢竟我沒打算要成為王，也不了解王為何物。

我並非從以前到現在都看著愛麗兒經歷的一切。我所看到的，只是愛麗兒的表面。無論我

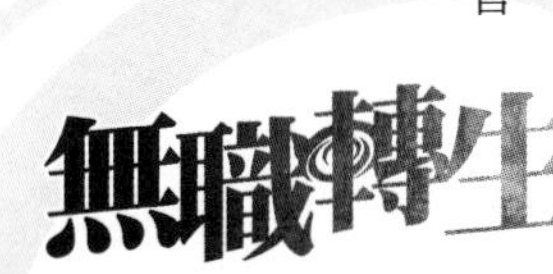

說什麼，都只不過是對她一知半解的膚淺言論。

「我聽說奧爾斯帝德大人，對大量存放卡瓦尼斯・夫里安・阿斯拉生平資料的地點有些頭緒。」

「咦？」

「在煩惱王位是否與自己相稱之前，先去那裡調查卡瓦尼斯王的資料如何？」

愛麗兒瞪大眼睛，望向我這邊後，小聲地低喃了一句「奧爾斯帝德大人的……」。

可以明顯看出愛麗兒吞了一口口水。

「那個地方是？」

「是個被稱作……圖書迷宮的地方——」

「我們走吧。」

愛麗兒二話不說地回答，彷彿根本不存在任何迷惘。

「……您決定得真快呢。」

我不禁說出這樣的感想，愛麗兒聽到後雖然差點移開視線，但中途猛然打住，並馬上以蘊含力量，強而有力的視線與我四目相對。

「我是變懦弱了……但並不打算放棄。」

「原來如此。」

儘管外表看來十分柔弱，宛如隨時會倒下，但好歹也是打算登上王位的人物。

果然很有志氣。

「我明白了。那我們走吧。」

我也用力點頭答覆，回應她的決心。

過了三天，我們抵達了位於魔法都市夏利亞郊外的建築物。

這間小屋並非奧爾斯帝德定居的那棟建築物。

在我們的眼前，是發出燦爛藍光的轉移魔法陣。

「這就是轉移魔法陣嗎？」

站在我身旁的人是愛麗兒。

——在那之後，愛麗兒馬上叫醒希露菲和路克，讓他們著手進行準備。

因此我也火速趕回奧爾斯帝德身邊，整理這間小屋的地下室，並麻煩他幫忙設置魔法陣。

這個魔法陣是非活性類型，只要由我注入魔力就可以使用。

簡而言之，和佩爾基烏斯經常使用的是相同類型。

「雖然我並不是第一次看到，但自己要使用的話還是會有點緊張呢。」

愛麗兒興味盎然地看著發出藍色光芒的魔法陣。

然而，卻又好像突然注意到什麼似的，快速地以優雅的舉止環視四周，接著轉向我這邊說道：

「話說回來，怎麼沒看見奧爾斯帝德大人呢？」

「因為大人擔心會因為自身的詛咒，引起不必要的爭論。」

「原來是這樣。我原本還希望能跟他打聲招呼的。」

雖然是我的猜測，但要是奧爾斯帝德在這裡現身，大概就沒有人會想使用這個魔法陣了。

儘管詛咒對愛麗兒似乎不具太大效果，但要是她正面直視奧爾斯帝德，那可就難說了。

「真是可惜。」

愛麗兒遺憾地這樣說道。

雖然不知她是原本就天不怕地不怕，還是基於越害怕越想看的心理所致，總之還是別讓她和奧爾斯帝德見面吧。

那個詛咒的恐怖之處在於會讓人失去正常的判斷力。

就連聰明的希露菲和洛琪希都受到詛咒影響，導致我不管說什麼，她們始終無法相信奧爾斯帝德，所以也難保愛麗兒不會如此。

儘管愛麗兒現在看起來沒問題，但要是近距離見面，實際對話，她肯定也會畏懼奧爾斯帝德並開始對我敬而遠之。

如果她能像我一樣和奧爾斯帝德交談也沒任何大礙的話，這樣自然再好不過，但若不是這樣，還是保持現在的距離比較妥當。雖然他很可怕，但是這樣的距離感反而可以讓愛麗兒更放心地去信任奧爾斯帝德的情報。

實際上，就算我把圖書迷宮一事聲稱是奧爾斯帝德所想到的，愛麗兒聽了之後也並不覺得有哪裡不對，甚至還贊同這個提案。

畢竟她現在處於死馬當活馬醫的狀態，我認為這是理所當然的判斷，但是詛咒的可怕之處，是會讓她連這點都無法辦到。

「不過，這是奧爾斯帝德準備的吧。」

「真的沒問題嗎？我可不希望突然被扔到魔物的巢穴裡面。」

至於希露菲和路克，聽到魔法陣是奧爾斯帝德準備的之後，對此感到有點不放心。

他們到現在還是不信任奧爾斯帝德。

要是愛麗兒也實際跟奧爾斯帝德談過話，想必也會變成這樣吧。

我必須避免這個狀況發生。

「你們兩個，不可以說這種話。魯迪烏斯先生怎麼可能會讓希露菲遇上危險呢。」

愛麗兒這樣說完後，偷瞄了我一眼。

「當然，因為我已經先進行轉移確認過了。」

轉移的地方沒有問題，只是稍微有點灰塵和霉味。

但畢竟是迷宮，所以我沒有辦法連深處都一併確認。

「那麼我們馬上出發吧……雖然我想這麼說……」

愛麗兒站在魔法陣前面，同時將視線朝向我——正確來說是朝向我的後方。

「是否能幫我介紹一下站在那邊的兩位貴賓呢？」

我轉向背後，朝她視線的方向望去。

站在那裡的是兩位女性。

艾莉絲‧格雷拉特，以及基列奴‧泰德路迪亞。

當我告訴艾莉絲說要去圖書迷宮之後，她便眼睛為之一亮，大喊「迷宮！」，希望跟我們一起同行。

在找書這方面，艾莉絲恐怕完全無法派上用場。只不過，雖然奧爾斯帝德說那裡並非那麼危險的場所，但也不能保證完全沒有危險。所以有個純粹的戰鬥成員陪同肯定是件好事。

由於沒有理由拒絕，所以我允許她一起同行。

至於基列奴，則是我想說機會難得，可以趁這次行動引介給愛麗兒認識，所以就基於這個考量帶她過來。

老實說，應該要等到我和愛麗兒的關係更親密一點再這麼做才對，但她對我的評價似乎比想像中還高，所以我想趁現在介紹彼此認識應該也不成問題。

更何況要是在去阿斯拉王國前一刻才介紹她們認識，愛麗兒也會猶豫是不是該信任基列奴。

因此我在內心盤算，要把這次的迷宮探索當作試金石。

我把這點和她們兩人說之後，基列奴宣稱自己不清楚禮儀規矩，不知道讓我把她介紹給對方認識會不會有什麼問題，艾莉絲也因為要和偉人見面，開始對自己的服裝是否合乎禮節而感到不安。

妳們兩個平常明明不太介意這種事吧。

而在這個情況之下，是希露菲出面幫忙解危。

她邊嘆氣邊向她們兩人逐一解釋，像是愛麗兒大人不是很在意禮儀規矩。妳們的打扮也不奇怪。要是會在意的話，可以從現在開始教導妳們。

後來努力有了代價，她們只花三天就做好了萬全準備。

聽到愛麗兒要求介紹之後，艾莉絲就像是在說「我等很久了」似的打算站向前去。

然而，我卻伸手擋住了她。

「……什麼啦？」

先等等先等等，乖乖，我馬上就來介紹。

「愛麗兒大人。這位是艾莉絲，艾莉絲．格雷拉特。不知愛麗兒大人是否有聽過，她是別名『狂劍王』的劍士。這次是作為在下魯迪烏斯．格雷拉特的護衛陪同我們一起旅行。」

我說到這裡，小聲地說了一句「換妳了，艾莉絲」催促她。

艾莉絲雖然依舊用手環胸，但好歹還是把手放在胸前並低頭說道：

「我是艾莉絲．格雷拉特。」

雖說她的態度有些失禮，但愛麗兒依舊露出溫柔的微笑說道：

「初次見面，艾莉絲小姐。我是阿斯拉王國第二公主，愛麗兒．阿涅摩伊．阿斯拉。我從小就時有耳聞妳的傳言。」

「哼，反正都不是什麼好聽的傳言吧。」

愛麗兒聽到這句話後，噗哧一笑

「的確，在王宮流傳的並非什麼好聽的傳言。不過，我並不打算以傳言來判斷一個人的為人。因為所謂傳言，終究只是流言蜚語。」

「……」

「而最有力的證據，就是妳站在魯迪烏斯先生旁邊。儘管聚集在魯迪烏斯先生身邊的人士皆有與眾不同的氣質，但其中並沒有惡徒。」

艾莉絲滿足地點了點頭，雙手抱胸，兩腳張開到與肩同寬，擺出了熟悉的姿勢。看樣子她早已把貴族千金該有的行禮方式忘得一乾二淨。

「沒錯，魯迪烏斯很了不起。妳很識貨嘛！」

「是……總之，雖然或許只有短暫的相處，還請妳多多指教。」

愛麗兒就這樣站著優雅行禮。艾莉絲俯視著她用鼻子哼了一聲，但姑且還是低頭致意。

「嗯哼。」

看到艾莉絲的態度，希露菲搔了搔耳朵後面，清了清嗓子。

聽到這聲假咳，艾莉絲輕輕地「啊」了一聲後鬆開手臂。面有難色地退到了後方。

看到眼前這幅景象，我也露出苦笑，同時用手示意基列奴。

「這位是基列奴，基列奴．泰德路迪亞。是那位有名的『黑狼』基列奴。今天帶她過來，是因為我想把她引介給愛麗兒大人擔任您今後的護衛，」

基列奴向前踏出一步，單膝跪地。她以獨眼朝著愛麗兒送出銳利的視線。

「我叫基列奴。」

「初次見面，基列奴小姐。我是阿斯拉王國第二公主，愛麗兒．阿涅摩伊．阿斯拉。妳在菲托亞領地時——」

「問妳一件事。」

基列奴打斷愛麗兒的話開口詢問：

「我聽說只要成為妳的部下，就可以幫紹羅斯大人報仇。這是真的嗎？」

突然就這麼問也太失禮了吧。

失禮到讓人覺得和希露菲練習的這三天到底是為了什麼。

不過，也是可以理解，畢竟這對基列奴而言是無法退讓的部分。

「是真的。」

針對這個失禮的提問，愛麗兒不假思索地回答。

其實，我已經預料到基列奴會提出這個問題，所以事先就透過希露菲轉達給愛麗兒，讓她知道基列奴之所以會想成為護衛，是為了幫紹羅斯報仇。

「只要和我一起前往阿斯拉王宮，應該就能找到陷害紹羅斯大人的凶手……以及實際下手的犯人。不，由我把他找出來。到時候，就請妳盡情地揮舞那把劍。」

愛麗兒這樣說完，朝著艾莉絲送出了意義深遠的視線。

這個視線是怎麼回事？難道愛麗兒大人在對艾莉絲暗送秋波？不會吧。艾莉絲的確是很有男子氣概，而且又很帥氣，咦？來真的？

啊，不對，不是這樣。仔細想想，基列奴的目的是為紹羅斯報仇。

但是，有一個人物應該比基列奴更想幫他報仇。

那就是艾莉絲。畢竟她是紹羅斯的孫女。

愛麗兒大概以為艾莉絲只是名目上擔任我的護衛，其實她的真正目的和基列奴相同。

雖說我不清楚艾莉絲對這件事到底有什麼想法，不過如果能夠報仇，想來艾莉絲也很希望動手吧。雖說不至於要專程調查下手的對象並追到天涯海角，但要是真的有那種敗類存在，而那傢伙又正好出現在眼前的話，肯定連我也會下手。

順便說一下紹羅斯的死因，聽說是為了削弱四大地區領主之一的伯雷亞斯的力量，進而弱化第一王子勢力的謀略造成的結果。

似乎是因為有嫌疑的對象實在太多，所以才遲遲無法鎖定犯人。

「拜託了。」

基列奴只說了一句，俐落地低頭致意。

接著她動著尾巴轉身，同時把視線轉向希露菲。

「所以，我該做什麼才好？」

「呃，總之這次就請妳擔任愛麗兒大人的護衛，幫忙拍掉愛麗兒大人身邊的火花。」

「火花？會出現噴火焰的魔物嗎？」

「咦？不是，呃……意思是要麻煩妳打倒襲擊愛麗兒大人的敵人。」

「原來是這個意思啊。了解……還有，叫我基列奴就好。」

基列奴簡短說完後，往後退了一步。

「那麼，還請各位多多指教。」

愛麗兒再一次向我們三人鞠躬致意。

我自然地低頭答禮，也用眼角餘光瞄到艾莉絲慌張地敬禮。望向另外一邊，看到基列奴也低頭簡單致意。

目前頂多是有過一面之緣，至於是否能建立信賴關係，還得端看今後的工作成效如何。

為了和奧爾斯帝德建立信賴關係，我也必須確實地完成這份最初的的工作才行。

「……好，那我們走吧。」

動身前往圖書迷宮。

第七話「圖書迷宮」

穿過轉移魔法陣後，有種像是從沉睡中清醒的感覺。

儘管這種彷彿大夢初醒的感覺已經有過好幾次經驗，但老實說我並不太喜歡。因為這會讓我想起以前夢到人神時的感覺。

我環視周圍，每個人的表情都是一臉疑惑。

就連平常威風凜凜的艾莉絲，也正愣著一張臉東張西望。

表情沒什麼改變的只有基列奴。

話說起來，除了基列奴以外的成員，幾乎都是初次體驗轉移魔法陣。

不過話說回來，愛麗兒臉上那種呆滯的表情倒是頗為新鮮。下巴稍微提起，嘴巴半開，眼睛的焦點也始終沒有對上。

要是把指頭伸進她的嘴巴裡面應該會生氣吧……至少希露菲肯定會大發雷霆。

「啊！」

此時，愛麗兒一臉驚訝地眨了眨眼，收起下巴並抿緊嘴巴。

然後，我們的視線對上。

「我們……到了嗎？」

「是的。」

周圍是石造的地板和牆壁，給人一種儼然就是龍族遺跡的感覺。是那種隨處可見的龍族遺跡，說起轉移魔法陣，大致上都是轉移到像這樣的場所。

要說有哪裡不同，就是這裡有一道堅固的大門，和充滿四周的霉味、墨水味以及紙的味道。就像是書店或是圖書館。

儘管這個房間沒有任何書籍，但這股味道足以讓我確信這裡就是圖書迷宮。

「雖然我聽說這裡沒有危險，但好歹也是被稱為迷宮的場所。請各位小心前進。」

聽到這句話後，緊張回到了希露菲和路克的臉上。

基列奴一如往常面無表情。至於艾莉絲……看起來倒是躍躍欲試。

「那我來當前衛！」

艾莉絲充滿精神地這樣說道，就在她準備朝通往深處的走廊踏出第一步時——

「等等。」

「咕嗯！」

我設法抓住了她的領口阻止她繼續前進。艾莉絲轉過頭來，用凶狠的眼神瞪著我。

「你幹什麼啦！」

「艾莉絲，這裡說不定會有陷阱，交給其他人走在前面。一旦要開始戰鬥的時候再把妳調

回來，妳先暫時走在後面。」

「……我知道了啦。」

艾莉絲嘟起嘴巴，心不甘情不願地退到後方。

話雖如此，我們這群人之中要由誰走在前面最為恰當呢？對迷宮有經驗的是我跟……

「嗯？」

還有基列奴。

讓她走在前面時會引起多少不幸意外，我已經從基斯以及其他幾名口中聽得耳朵都快長繭了。儘管她那靈敏的鼻子可以避免犯下致命性的錯誤，但就是會觸動一些小陷阱，而且她還會帶頭攻擊魔物。所以還是別讓她走在前面比較保險。

「讓擁有預知眼的我走在前面吧。接著是艾莉絲。基列奴和路克守在愛麗兒大人的左右兩側，希露菲負責警戒後方。我打算以這樣的隊列前進，請問各位同意嗎？」

連我都認為自己想了一個不錯的編成，詢問眾人的意見後，每個人都默默地點頭。

「沒有問題。就交給魯迪烏斯先生吧。」

最後在愛麗兒一聲令下，決定了我們的陣形。

再來就看我能否勝任偵察這個工作，圖書迷宮雖然被冠以迷宮之名，卻和迷宮原本應有的風格有些不同，據說幾乎不存在任何陷阱。奧爾斯帝德也說只要不做某件事就會很安全。

關於這點，我想最好還是先跟大家說一聲吧。

グイッ

「各位，嚴禁在這裡使用火魔術。」

「為什麼啊？」

「因為在迷宮中用火，會引發缺氧現象對吧。」

希露菲不假思索地回答，但艾莉絲的臉上寫滿了「缺氧是什麼？」。看來知識量的不同造成了認知上的差異。

不過，這次和一般狀況不一樣。

「這也是其中一點，不過一旦書本被撕破、燒燬，或者發現有人要偷走書時，棲息在這圖書迷宮的魔物就會憤怒地襲擊過來。雖然我想不會輕易演變成戰鬥，但希望各位揮劍時要小心別波及到書本。」

「真是奇怪的魔物呢。」

「因為與其說是魔物，反而比較類似位於這裡深處的魔王麾下的使魔。要是有人擅自破壞自己的物品，不管是誰都會發飆。」

「原來如此，我知道了！」

艾莉絲精力充沛地回應。

這是她真的聽懂時會說的「我知道了」。很好。

「不只是艾莉絲，麻煩基列奴和路克也記得留意一下。」

「嗯。」

「就算是不可抗力也不行嗎？」

路克看起來有點不安。

「我不清楚對方能容忍到什麼程度。畢竟我也是第一次來這裡。」

「這樣啊……」

路克把手放在腰間的劍上，面有難色。

他的劍術本領並不高明。儘管就世間一般的角度來看，也堪稱是獨當一面，但他的水準還沒達到像艾莉絲以及基列奴那樣能完美控制力道的境界。

他應該是在擔心自己一旦揮劍，很有可能打中書本。

「我聽說不會那麼容易就演變成戰鬥啦……」

「因為是你說的，所以我才相信……但假如得戰鬥的話，我或許還是不要出手比較好。」

「到時候，就麻煩你徹底做好愛麗兒大人的護衛角色。」

我這樣說完，路克點頭回應，就像是在說「交給我吧」。

「總之，我們走吧。」

講完最低限度的注意事項後，我們打開了位於轉移魔法陣房間的那扇門。

★
★
★

「喔喔……」

才剛踏出房門，我就不禁發出了讚嘆的聲音。

呈現在眼前的是一條連綿不絕的走廊。

但是，這道走廊的設計實在過於特殊。代替牆壁延伸到底部的，是高約三公尺的石製書架。當然，書架上也擺上了滿滿的書籍。

「原來如此，這就是圖書迷宮啊。」

我不由得靠近了書架一探究竟。上面的雖說是書，但也不算精裝本，幾乎都是些小冊子。仔細一看，會發現有多甚至不算小冊子，只不過是把紙綑成一本書。不，綑成一本的反而比較多。有許多書甚至沒有捆起，只是把草稿紙的碎片裝在一起。

在塞滿各式各樣紙張的書架上，找到了唯一一本在書背上寫著類似標題的書。上面的標題是「帳簿」，語言是魔神語。如果內容和標題一樣，那這本書應該是位於魔大陸某處的店家用的買賣紀錄什麼的吧。

「……」

看起來隔壁的書架也是類似的感覺。連這種以紙片製成的書都蒐集起來到底是想做什麼啊？簡直就是個謎。

這種不明究理的感覺，實在很符合圖書迷宮這個名號。

「魯迪烏斯？你怎麼了？」

「不，沒什麼。」

看來要從這裡面找出想找的書可得費一番工夫。

我們真的能夠找到卡瓦尼斯王的資料嗎……實在令人不安。

「我們走吧。」

我們暫時移動了一段時間。

書架沿著這條路無限延續。一開始看起來筆直的走廊似乎也微微地開始彎曲。另外，書架之間會有間隔存在，以Ｈ字劃分出別條道路。

我們決定先不拐彎行走，而是一邊在地面做上記號一邊直線前進。

一路上，我們遇上了好幾次魔物。

那是幾乎占了走廊一半大小的巨大蝸牛。

這種魔物會從殼的部分伸出扭來扭去的觸手，光是看著就會讓人背脊發寒。但是當看到牠的觸手上面握著數之不盡的書本，也自然覺得沒那麼恐怖了。由於還不清楚這種魔物叫什麼名字，我決定先取名為樹繩蝸牛。

然後還看到了黑色史萊姆。

牠們會把書放入體內，在走廊角落緩緩移動。

雖然動作絕對不算迅速，但或許是因為牠們有著明確的目的地，所以會堅定地朝著某處前進。由於這種魔物沒有特徵，我決定暫時稱呼牠們為史萊姆。

然後還有差不多與膝蓋同高，會以雙腳行走的黑螞蟻。

牠們或許也對自己該去哪裡心裡有底，移動時完全不會注意旁邊。這種魔物也同樣沒有特徵，但是只要隊伍裡面決定好怎麼稱呼，至少就不會為此困擾，所以我決定叫牠螞蟻。

這些魔物就算看到我們也不會特別襲擊過來，而是會消失到其他地方。

該怎麼說呢，因為一般來說，襲擊人類是魔物的天性，這種反應實在讓人出乎意料。

倒是艾莉絲和基列奴一看到魔物就打算一馬當先殺過去，要阻止她們反而更加費勁。

順便說一下，這個迷宮沒有任何陷阱。我們一開始走得非常謹慎，但過了一小時後也沒特別發生什麼狀況，讓我覺得注意陷阱是很愚蠢的行為。

同時，我也印證奧爾斯帝德的情報正確無誤，讓我不由自主地感到開心。

因為他並沒有騙我。

要是能像這樣持續下去的話我就能信任他，但也是有那種等到博取對方信任後再背叛的傢伙……我不會說是誰，像是第一個字是人最後一個字是神的傢伙。

「啊，走到盡頭了。」

我們大約走了一個小時之後，總算抵達盡頭。

雖說我們保持警戒，並邊走邊瞄過書架的標題，但起碼走了四公里左右。

由於路並沒有那麼彎，我想應該還沒有繞上一圈。

總之，這條走廊並沒有關於卡瓦尼斯王的書籍。儘管語言和種類並不一致，但至少可以知道年代。這個區域是從第二次人魔大戰結束之後大約三百年後的書籍。

「我們走回上一個轉角吧。」

我這樣說完後，眾人沿著來的道路往回走。

H字的轉角以彎曲處分為內側和外側，各有兩條路。

離我們較近的是彎向外側的路。

「那個，魯迪。我們要不要先朝內側移動看看？」

當我思考該往哪走時，希露菲主動提出建議。

「噢，為什麼這麼說？」

「我剛才稍微瞄了一下，發現外側的書架年代比較古老，內側這邊比較新。」

換句話說，只要沿著內側前進的話就可以抵達卡瓦尼斯在的時代。也就是到達拉普拉斯戰役時代的書架。

「我明白了。既然這樣，我們就回到上上一個轉角的地方吧。」

不愧是希露菲，實在觀察入微。

我們又暫時移動了一段時間。

就如希露菲發現的一樣，我們越往內側移動年代也就越新。同時，走廊的彎曲幅度變大，其中一邊的長度也逐漸變短。

換句話說，我們正在逐漸接近中心處。

在中心處會有什麼呢？既然是迷宮，那肯定會有主人，也就是守護者存在。據奧爾斯帝德所說，這裡有個喜歡書本的魔族在謄寫抄本，但位於中心處的也有可能不是那名魔族而是其他生物。更何況在中心處坐鎮也不一定只有其中一隻。

想到在轉移迷宮發生的那件事，可以的話實在不想發生戰鬥。

基本上，拉普拉斯戰役發生在四百年前。應該沒有必要深入中心處才對……

「總覺得好無聊啊。」

就在我一個人窮緊張的時候，艾莉絲發出不悅的聲音。

噢，真令人懷念。這是感到無聊時的艾莉絲。

像這種時候的艾莉絲就需要特別注意。因為她會以無聊當藉口做些奇怪的舉動。

「艾莉絲，要是因為很閒就做出奇怪的舉動……」

「我知道……！」

就在這時，艾莉絲突然拔劍，遲了一拍之後，基列奴也跟著拔劍。

「數量呢！」

我反射性地如此詢問。

以前和瑞傑路德旅行的時候，一旦他做出這種反應，基本上都是在出現魔物的時候。

希露菲等人也跟著進入警戒狀態。

只是我的預知眼還沒有看到任何東西。

「在下一個轉角，左手邊，裡面。」

精確地指出位置情報，難以想像是艾莉絲所下達的指示。

「不清楚有多少數量，總之很多。」

這種粗略的計算方式倒是很有基列奴的風格。

是說，她該不會已經忘記怎麼算數了吧……？明明她那麼拚命記起來的耶。

不對，現在不是說這個的時候。

「由我去看。」

這樣宣言後，我一個人躡手躡腳地前進，從H字的轉角稍微探頭，觀察裡面的動靜。

「……」

眼前有著大量的魔物。

主要是史萊姆和螞蟻。由於史萊姆會反覆進行合體與分裂，無法判斷數量。

太好了。並不是基列奴忘記怎麼算數。

不過，這些傢伙是在做什麼啊？

「挖牆壁……牠們在製作書架？」

乍看之下，螞蟻負責在盡頭賣力挖出石頭，史萊姆則是將挖出來的石塊吞進體內進行分解，接著將分解後的石塊雕塑成形，再把成形石塊運到牆邊吐出來。經過這些步驟之後就可以完成書架。

簡而言之，這座圖書迷宮其實是這些傢伙製造出來的迷陣。

「看起來沒有危險！」

我大聲宣言，把背後的成員叫了過來。

其他成員戰戰兢兢地靠了過來，和我一樣在走廊角落窺視裡面的狀況之後，才放心地呼了一口氣。

「原來牠們是靠自己製作書架啊……」

「奧爾斯帝德也說這裡的魔物算是使魔的一種。看樣子牠們和以往的魔物果然有些不同。」

我這樣回答愛麗兒的喃喃自語，並決定繼續趕路。

後來，我們差不多移動了四個小時左右。

雖說我們每次看到通往內側的轉角都會彎進去，但有時會是條死路，有時會只有通往外側的轉角，導致我們遲遲無法抵達中心處。

然而，我們還是有慢慢地找到年代較新的書籍，因此可以得知目前的確正朝著中心處前進。

所以，我們決定先稍做休息。

先不提希露菲和路克，愛麗兒看來已經相當疲憊。

這個世界的居民基本上都是腳步強健，但是愛麗兒似乎不太習慣走路，是真正的大小姐。

「到處都是書呢。說是迷宮，我還以為會是更有趣的地方。」

至於以前曾是真正大小姐的這位呢，看起來倒是相當無聊。

真希望她能向走了許多路就心滿意足的基列奴多多學習。

「艾莉絲，迷宮本來就不是什麼有趣的地方吧。」

「是嗎？因為迷宮不就是大冒險的固定橋段嗎？我以前就一直想來看看，但沒想到這麼無趣。」

「這樣啊……」

我對迷宮沒有什麼美好的回憶。

因為保羅當初也是死在迷宮。我可不想再體驗那種痛苦的回憶。要是今後沒有必要，我也希望能不去就不去。

艾莉絲應該也知道那件事才對，算了，既然她會說想去，自然是沒把這件事放在心上。

「步步進逼的魔物、沉睡的財寶，然後在最後等著我們的，是巨大的守護者！」

「艾莉絲，不要再說了。畢竟魯迪的爸爸就是死在迷宮啊。」

「咦？」

聽到希露菲這句話後，艾莉絲瞬間愣了一下，之後像是會意過來似的「啊」了一聲。

接著她轉眼間臉色鐵青，把嘴巴抿得死緊。露出了代表困擾的八字眉。沒有抬起下巴，而是低著頭小聲說道：

「……對不起。」

「不，妳不用道歉啦。因為我從以前就知道艾莉絲很嚮往迷宮。」

「真的？」

「只不過，我還是希望妳能知道也有那種真的很危險的迷宮。真的會讓重要的人在轉眼之間就死掉。」

「我知道了。」

艾莉絲重重點頭。

如果是以前的話，她肯定不會這麼老實地道歉吧。

就在我們轉過某個走廊後，來到了一個寬敞的場所。

那個空間呈現研缽狀，大到令人難以置信。

書架內側形成一段一段的高低差，另外在書架和書架之間還存在著樓梯。彷彿就像是羅馬競技場的觀眾席。

然後，在其中心處，有一隻巨大的史萊姆。

牠那歪七扭八的變形身軀裡面伸出了好幾十根觸手。觸手的前端拿著像是書和筆的物品，正高速地寫著些什麼。但是，唯獨其中一根觸手筆直地朝著上方，那根觸手的前端上面有顆巨大的眼球正瞪視著天花板。

只是看了一眼，就讓我瞬間閃過一個念頭——

啊，這下不妙。

這傢伙無疑是這座迷宮的主人，而我們已經踏進了這傢伙的虐殺區之中。

而且，看來這麼想的人不只是我。

在我身後的每個人都啞口無言，艾莉絲和基列奴雖然也對眼前的生物目瞪口呆，但也已拔劍蓄勢待發。

「那是什麼……」

路克代表啞口無言的眾人說出了感想。謝謝你，路克。

「八成是這迷宮的主人吧。我聽說是個喜歡書的魔王……」

「看起來和巴迪陛下截然不同呢……」

就像希露菲說的，我原本也猜想會是像巴迪那種類型的魔王，但是他比我想像的更像史萊

姆。畢竟魔族的種族真的是千奇百怪，有個史萊姆的魔王應該也很正常……

不過明明是史萊姆卻會看書嗎？

不對，不可以有偏見。就算是史萊姆也會想看書。

「既然是魔王的話，那是不是先跟他打聲招呼比較妥當呢？」

「他聽得懂我們的語言嗎？」

魔族之中有各式各樣的傢伙，裡面也有天生沒有聲帶，無法說話的那種人。

那隻史萊姆看起來也屬於那種類型。

而且，貴為魔王的存在，基本上都不會聽人說話。

雖然我說「基本上」，但畢竟我只見過巴迪和阿托菲這兩個魔王，正確來說，應該是百分之百都不聽人說話的類型。

儘管無法推測那隻巨大史萊姆是什麼類型的人物，但最好別跟他接觸比較安全。

「目前他好像還沒注意到這邊，總之我們就悄悄行動，別讓他發現吧。」

畢竟在圖書館就是得保持安靜。

我們以盡量不發出聲響為前提重新開始移動。

在這一帶，也有大量疑似眷屬的小型史萊姆在活動。

目前從牠們的動作看起來，應該是完全不把我們放在眼裡，但要是被那隻巨大史萊姆發現，不知道會發生什麼狀況。

儘管史萊姆和螞蟻乍看之下不強，但既然不知道每隻個體的實力到什麼程度，就不能掉以輕心。

要是牠們一起襲擊過來，也難以預測會造成什麼樣的後果。

「啊。」

當我一邊想著這些事一邊移動，希露菲突然發出聲音。

「怎麼了？」

我疑惑出了什麼事的同時，也沒有把視線從巨大史萊姆身上移開。

「魯迪，有了，在這邊。」

她指的是什麼？

我一邊這樣想著，同時轉頭朝後方瞄了一眼，發現希露菲正把手伸向書架，就是轉了一圈後設置在研缽空間外側的書架。

她從書架的中層附近取出了一本書。那是——

《卡瓦尼斯王～其軌跡與生涯～》

是卡瓦尼斯王的資料。

因為我的注意力都放在巨大史萊姆身上而沒有察覺，看樣子，這個區域的年代似乎是在拉普拉斯戰役之後所撰寫。

總覺得好像跳過了拉普拉斯戰役中期到末期的區域……但畢竟當時還在打仗，而且還處於被逼到絕境的狀況。處於那種環境下的人族，想必沒有餘裕出版附有標題的書籍。

然而，一旦這場戰爭以勝利劃下句點，人民就能過某種程度的寬裕生活，就會開始有人打算把戰爭的內幕記錄在書上流傳。

所以像那些作者的作品是從這一帶開始排列嗎？

「……那麼，稍微走回去一點的地方有個盡頭，我們就在那裡搭營吧。」

「也對，畢竟實在不想在看得見那個的地方過夜呢。」

「嗯，光是看著就會讓人發抖……」

「是這樣嗎？在我看來，那隻巨大史萊姆應該頗有理性。」

「像那種類型的史萊姆就算用砍的也沒什麼效果呢。」

「只要摧毀核心就能殺死史萊姆，但那隻史萊姆巨大到無法用劍刺中核心。」

愛麗兒說著有點脫線的發言，艾莉絲和基列奴的意見則是以戰鬥為前提，不過大家對於先離開這裡的決定大致上還是同意。

畢竟我們不清楚對方的想法，還是盡可能別待在他附近為妙。

不管怎麼樣，漫長的移動結束，我們終於到達目的地。

★ ★ ★

自從搭營之後已經過了七天。

我們這幾天的生活都是在野營地和收藏著卡瓦尼斯王資料的地方兩處來回往返，過著整天翻書找資料的每一天。

一開始，我們甚至還會戰戰兢兢地把書偷偷取走，移動到巨大史萊姆看不見的地方之後，再閱讀書籍抄下筆記，最後再把書放回原位，反覆進行這樣的流程。

但是從第三天開始，我們發現就算聲音稍微大一點也不會被他發現之後，漸漸改為在書架前抄下筆記。

不過這樣一來，艾莉絲和基列奴就變得無事可做。或許是因為如此，她們開始進行劍術訓練，或是宣稱要去散步而在這附近到處閒晃。因為這裡很危險，我希望她們不要過於鬆懈，只不過要那兩個人安分地待在原處反而困難，所以我在第五天後就索性讓她們自由活動。目前為止還沒發生問題。

好啦，至於卡瓦尼斯王，他不愧是戰勝國的國王，資料非常豐富。

卡瓦尼斯王在拉普拉斯戰役時期並非國王，當時還只是一名王子。

有些資料寫到他有好幾十名兄弟姊妹，有些則敘述他是三兄弟的老三，所以至少可以確定他上面還有兩位兄長。

武勇精湛的長男、智略卓越的次男。以及文武雙全，最為出色的三男卡瓦尼斯。

雖說不清楚他實際上有幾名兄弟姊妹，但寫在適合兒童閱讀的故事書上的多半都是以描寫

三兄弟為主，愛麗兒也不清楚他的兄弟姊妹詳細人數，但她似乎也是這樣聽說。

這三名優秀的王子挺身而出，對抗侵略國家的拉普拉斯大軍。

然而，拉普拉斯軍團的實力強大。長男的武勇以及次男的智略無法派上用場，因而戰死沙場。

在決定中央大陸南部趨勢的一場重大決戰之中，終於連他們的父親阿斯拉王也戰死。

於是，卡瓦尼斯年紀輕輕就繼任王位。

儘管卡瓦尼斯很優秀，但是他論武勇不及長男，論知略劣於次男。

面對不僅打倒兩位兄長，甚至還殺死阿斯拉王的拉普拉斯軍團，卡瓦尼斯真的有能夠獲勝的要素嗎？

答案是有。

「他身邊有眾多好友」。

那就是以龍神烏爾佩、北神卡爾曼以及甲龍王佩爾基烏斯為首的各路英雄好漢。

卡瓦尼斯低聲下氣向他們拜託，請他們務必獲得打倒拉普拉斯的方法。

七名英雄答應了他的請求，為了打倒拉普拉斯而踏上旅程……

上述故事，是我以前讀過的《甲龍王傳說》中也有提及的內容。

比起卡瓦尼斯王的事蹟，在這裡的資料也多半都是以撰寫佩爾基烏斯等人的旅程為主。

在英雄們踏上旅程之後，卡瓦尼斯王就在阿斯拉王國集結戰力，迎擊拉普拉斯軍團。

一連串的防衛戰，使得阿斯拉王國的兵力不斷消耗。然而，卡瓦尼斯王依舊抵擋了拉普拉斯軍的猛攻，終於在佩爾基烏斯等人回國之前，成功地保衛國土。

簡直就是「背後的大功臣」。

而在眾人眼中，卡瓦尼斯王究竟是什麼樣的人呢，關於這點其實眾說紛紜。

在大部分資料上會描寫卡瓦尼斯王是個極為出色，卓越到無法言表，充滿著壓倒性才能的人物。關於他多麼出色、多麼卓越這部分的資料多半很模糊，但內容都是清一色的讚美。

由於這和阿斯拉王國傳承的卡瓦尼斯形象如出一轍，愛麗兒對此也滿意地點頭。

然而，當我們繼續調查，開始發現其中混雜了讓人匪夷所思的情報。

據說，卡瓦尼斯酗酒成性，是個毫無才能的凡夫俗子，當才能洋溢的兄長們在戰場奮戰之時，他反而偷偷溜去鎮上玩樂，幾乎每天都喝到爛醉與人發生爭執。

我們原本以為這可能是討厭卡瓦尼斯王的人為了毀謗中傷他所寫，但這類記述卻比褒獎他的文章更為具體，甚至還清楚地標記了日期，因此可信度相當高。

但就算如此，我在調查途中也是持否定態度，想說「不會吧，怎麼可能會有那種事」，但是今天，我們總算是找到了決定性的證據。

那是在拉普拉斯戰役末期的文物。

是一本日記。

由卡瓦尼斯王本人親手所寫。

這是卡瓦尼斯在當上國王之前，也就是長男和次男還作為現役努力不懈時親手寫下的日記。

而且，在那本日記上詳細地記載著卡瓦尼斯．夫里安．阿斯拉活著的每一天都在想些什麼，做了些什麼。

他認為自己是個廢物。

由於身邊有著優秀的兄長，讓他對自己不被抱任何期待一事感到焦躁。然而，就算想宣洩那股鬱悶，也沒有人肯理會他，所以他總是溜出城外跑到鎮上。

畢竟是戰爭時期的城鎮，治安並不好。

但是也正因為如此，卡瓦尼斯才能徹底宣洩他的鬱悶。

他酗酒，喝得爛醉，發牢騷把周圍捲入其中，大吵一架。鎮上的小混混是很適合讓卡瓦尼斯發洩不滿的對象。

如果要用一句話來表現當時的卡瓦尼斯，就是人渣。

看完日記後，愛麗兒受了不小的打擊，幾乎有半天都躺在營地休息。

她現在也依舊抱著膝蓋靠在書架旁邊坐著，一臉陰鬱地煩惱著「這真的就是佩爾基烏斯大人追求的國王形象嗎……」。希露菲和路克雖然試圖讓她重新振作，但他們好像也對卡瓦尼斯王的真正一面感到驚訝，難掩語氣之間的動搖。

以我來說，雖說卡瓦尼斯王是名偉大的國王，但終究也只是人類，自然也會做出那種舉動。不如說這種形象甚至讓我覺得親近，對他產生了好感。

我不認為他沒有王的樣子。

況且換個角度思考的話，表示就連那種人，佩爾基烏斯都願意助他一臂之力。

所以，卡瓦尼斯是個人渣這件事，會不會反而是個提示呢？

我一邊這樣想著一邊搜尋書架之後，發現了一本讓人頗有興趣的書。

那是有關於神子的書。

上面記載了當時被認定為神子的人有著什麼樣的力量，是什麼樣的人物。

雖然說這個內容和卡瓦尼斯完全無關……

總之，書上有一個記述讓我很在意。

就是關於被稱為「無力的神子」這名人物。

光從字面上來看，這個名號和身為「怪力的神子」的札諾巴正好相反，給人一種沒有力氣，軟弱無能的印象。

然而，據說這個能力被認為非常危險，危險到一旦發現就得馬上殺害。

因為他的能力是無效化其他神子的能力。

這是在異能力題材的輕小說中經常看到的能力。

由於這類能力對普通人沒有任何效果，大多數的情況下都容易遭到冷落，在作品中經常會被其他人看扁。然而像這類作品的主要登場人物有九成都是異能力者，因此能夠將他們打落至普通人水準的這股能力非常強力。所以，擁有這種能力的人基本上都是主角身邊的重要角色。

在這個世界，神子全部加起來也不一定超過十人，是非常稀有的存在

因此，這股能力稱不上強力，就算說是脆弱也不為過。

比起那種傢伙，有劍神流的一名劍士在場反而更派得上用場。

然而，其他的神子可說是國家的重要人物。

他們能夠引發連魔術也無法辦到的奇蹟。

如果因為意想不到的事情導致能力遭到消滅，對國家而言就會是一大損害。

被他國視為眼中釘，在自己國家也起不了作用，留在身邊只會遭到他國不必要的警戒。

為此，一旦被人發現，就會馬上遭到殺害。

儘管如此，這股能力還是稍微引起了我的興趣。

我之所以會這樣想，是因為這股能力似乎也能對「咒子」管用。因為神子和咒子是相同的存在，兩者的分類基準只是端看那股力量是否能對人們派上用場，所以我這樣想符合邏輯。

所以呢，既然能消滅神子和咒子的能力，那是否能消滅其他東西呢？

比方說「詛咒」。

當然，「詛咒」和「咒子」雖然都使用相同的文字描述，但在本質上卻是大相逕庭。

既然沒有寫在這本書上，表示用他的能力肯定無法治癒「詛咒」。

不過，我再稍微想得遠一點吧。

神子的能力種類可說是不勝枚舉。

而且無論是哪種能力，都潛藏著能夠改變這世界法則的力量。

那麼，其中是不是也存在著能消除「詛咒」的人，能倒退時光的人，將事物恢復成原本狀態的人呢？

也就是說，只要有神子的力量，或許就能恢復塞妮絲的記憶。

我是這麼認為的。

當然，這不過只是希望性的觀測，回去之後得再詳細詢問奧爾斯帝德才行。

「啊，像這種重要的事情就該好好寫在日記上才行。」

我把書闔上，從包包取出日記簿。

老實說，我對日記沒有什麼好印象。

但是，未來的我所寫的日記確實幫了不少忙。

我不打算回到過去。為了不要演變成那樣，所以我才會竭盡全力行動。

然而，就算我不會回到過去，但或許會把這本日記託付給某人。當我死的時候，說不定會有某人願意繼承我的遺志。

要是我能寫上某些提示，到時候讓人閱讀也會比較方便。

「呃，我發現神子的能力種類繁多。在神子之中，也存在著能操作對手的能力，或是和詛咒相關的事物的人。只要使用那股力量，說不定就有可能辦到原本覺得不可能辦到的事情……像這種感覺吧。」

我快速地寫完後，不經意地抬頭一看。

結果，映入眼簾的是在研缽中心處蠢動的巨大史萊姆。

一開始看到的時候還非常不知所措，但過了幾天也總算是習慣了。

儘管模樣依舊恐怖，但是他不會主動襲擊我們，只是一直盯著天花板撰寫抄本，看了幾天下來，覺得他看起來也具有某種智慧。

此時，我很在意自己剛才寫的文章。

「等等，就有可能辦到原本覺得不可能的事情……這句話太曖昧了吧？好像該寫得更具體一點，像是說不定能派上什麼用場這樣……」

我以前寫日記時並不會注意這種小細節。

難道說，是這座圖書迷宮讓我起了這種念頭？

不可能吧。好，把日記的一部分重寫一下吧。

我這樣想著並撕下一張日記，放上其他紙張，重新寫好日記。

總覺得要是有立可白之類的就輕鬆多了。不過那是怎麼做的？用白色的顏料亂塗一通就好嗎？

「嗯？」

我不經意抬頭一看，不知道為什麼，巨大史萊姆的部分觸手撕破了頁面。

「……」

我對那個動作不由得有種奇妙的感覺。

所以試著俐落地寫了一些語句。

結果史萊姆也流利地寫了什麼。

我試著把那一頁整個塗黑。結果史萊姆也把頁面整個塗黑。

難道他在模仿我嗎……？

啊，不對，與其說是模仿……應該是……在抄寫我的日記？

「……既然他喜歡書，應該也看得懂文字吧？」

那隻史萊姆沒有嘴巴也沒有耳朵，說不定沒辦法聽懂我說的話。

可是，他有一顆巨大的眼睛。

那麼他是不是看得懂文字呢？

「來試試吧。」

不過在嘗試之前，是不是應該先和愛麗兒他們商量一聲？

不，就直接上吧。反正愛麗兒他們也已遇上了瓶頸，現在整個隊伍正瀰漫著一股乾脆回去的氣氛。不如就賭一把吧。

「『您好，魔王陛下，初次見面，我叫魯迪烏斯·格雷拉特。這個圖書館真的很不錯呢』

這樣。」

我流利地寫下這段文字。

於是，巨大史萊姆也動起觸手流利寫……

他突然靜止不動了。

這是以往沒有的舉動。不只是停止製作我日記的抄本，而是所有工程都靜止不動。

研缽空間之中頓時瀰漫著一股異樣的氛圍。

「我太輕率了嗎……？」

一瞬間不知道該如何是好。

然而，已經太遲了。直到剛才為止都還一直盯著天花板的……巨大史萊姆的眼球已經轉向這邊。

在巨大史萊姆的巨大瞳眸之中，清楚地倒映著我慌張的模樣。

此時，巨大史萊姆在一瞬間收縮。

轉眼之間，觸手以像是要射出刺針般的速度朝著全方位伸出。

〔觸手逼近到了眼前。〕

看到預知眼呈現的景象後，我心想「要被刺了！」，不禁彎腰保護自己。

然而，觸手卻停在我的眼前。

觸手的前端拿著一張紙。不過，與其說是拿著，應該說貼著比較恰當。

總之，那張像是要讓我看而遞到眼前的紙上這樣寫著：

『吾是黏族魔王貝多貝．托貝塔。歡迎來到吾之城堡，撰寫未來之書的作者。』

喔……喔喔喔！接觸成功！

等一下，喂喂！真的假的？我不過是臨時想到，沒想到會這麼順利！呃……

『不好意思，請容我自我介紹。能與您見面實在深感榮幸，陛下。今日我等是為了調查某件事而來。是否能請您允許我等暫時逗留此處？』

『准。』

呼……

我緩緩吐出累積在肺部的空氣，拭去額頭的冷汗。

哎呀～我挺行的嘛。但至少應該要等艾莉絲在身邊時再嘗試才對。

剛才那樣做太莽撞了。

可是，總之，根據奧爾斯帝德所給的情報看來，這個感覺會用音樂彈奏命運交響曲的魔王陛下也不是那麼壞的傢伙。反正結果沒問題的話就好。

不過接下來該怎麼辦？其實我沒有仔細思考過接觸之後該做什麼。

應該先請他告訴我有關卡瓦尼斯的各種資料嗎？既然是這個迷宮的主人，想必對這方面的知識也很豐富吧。

『其實我正在尋找某本書。』

『自己找吧。』

二話不說就被拒絕了，真是冷淡。

算了，有個陌生人突然來到自己家裡，冷不防地提出厚臉皮的要求，想也知道會被拒絕。光是沒被趕出去就該謝天謝地了。

『不過，你讓吾享受了不少。』

本來我這樣想，但看來對話似乎尚未結束。

於是我慌張地在日記上寫下回應。

『……請問我說了什麼有趣的事情嗎？』

『你從未來帶著書在現代出現。實在是令人瞠目結舌。而且除了那本日記的內容，你現在正是在寫後續的故事吧？如果這稱不上有趣，稱不上愉悅的話，那該如何形容呢？吾就明講吧，作為讓吾開心的獎勵，可以幫你實現一個願望。』

從未來帶著書……？噢，是指那本日記啊。

雖然那其實並不是我帶來的。不管怎麼樣，這表示他已經把那本日記寫成抄本了吧。

而且以魔王大人的角度來看，我目前正在寫的這本日記，正是那本未來日記的續篇。

未來日記的續篇是過去的日記。

的確，以讀物來說或許是很有趣。

不過話說回來，魔王每當遇上好事就幫人實現願望的機率也太高了。

雖然也有像阿托菲那種啦，擅自實現本人根本不奢求的願望的傢伙。

這算是他們的文化嗎？

『願望？什麼都可以嗎？』

『吾貝多貝．托貝塔能實現的願望，頂多是幫你找到喜歡的書。』

也是啦，畢竟他看起來不像是能幫人變成億萬富翁或是給予永遠的生命。

不管怎麼樣，我就恭敬不如從命了。不過我該選哪本書才好？雖說要我指定一本書，但我又不知道真的必要的書叫什麼標題。

儘管已經找了不少和卡瓦尼斯有關的書，但每本都缺乏真正有用的情報……

對了，乾脆就別管和卡瓦尼斯有關的書，請他幫忙找記載著如何治療塞妮絲的書好了？在這廣大的書架之中，說不定會有書上記載著治療塞妮絲的方法。當然也有可能沒有。

不……不對，這樣不行。

我現在並不是為了做那種事才來這座迷宮。

是為了愛麗兒。我是為了幫助愛麗兒才來的。

雖說塞妮絲的狀態令人擔心，但現在得先冷靜，不可以迷失自己的目的。

要是奧爾斯帝德認為我是在關鍵時刻派不上用場的傢伙，要是被他切割，家人很有可能會被人神趕盡殺絕。唯有這點我絕對要避免。

儘管塞妮絲也很重要，但總之不是現在。先忘了吧。

「啊，對了。」

就在這個時候，我想起放在自己口袋裡面的一張紙。

這是奧爾斯帝德在出發時交給我的。

上面畫著一本書的封面。

奧爾斯帝德恐怕早已預料到會有這樣的狀況。

我記得他好像說過自己可以預測未來，所以一旦演變成這種情況，就拿這張紙給他看。大概是這個意思。

『那麼，麻煩您幫我找這張封面的書。』

『好吧。』

我把畫著書本封面的紙交給貝多貝。

貝多貝收下那張紙後，馬上就從本體附近的其中一個書架取出了一本書。

令人意外的是，那本書似乎是最近才剛寫好的。

貝多貝將那本書放入體內，書在體內動來動去，接著從我眼前的觸手前端滑溜地吐出。

我收下這本書，上面因黏液而黏答答的……本來以為是，但卻意外地乾爽。

我一邊讚嘆這傢伙不愧是喜歡書的史萊姆，非常了解如何對待書籍，同時注視收下的這本書。

封面貼著紅色皮帶，畫著果實長在樹上的一幅畫，而且非常厚重，我快速地翻閱裡面的內容，發現上面寫著密密麻麻的工整字跡。

『你的願望實現了。慢慢閱讀吧。』

貝多貝說完，便收回觸手開始繼續撰寫抄本。

如果這本只是封面相同，但卻是別的書的話該怎麼辦……可以退貨嗎？

算了，我發現就連胡亂塗寫在封底角落的小字也有確實重現，應該是這本沒錯。

「總之，先來讀看看吧。」

我說著說著，然後當場就座，翻開了封面。

然後，在我看了一開始的幾行字後就察覺到了一件事了。

「這是……！」

我不清楚這會成為什麼樣的線索。

但毫無疑問的，必須快點讓愛麗兒看這個。

我回到原處，發現愛麗兒依然抱著膝蓋坐在那裡。

沒看到希露菲、路克還有艾莉絲他們，取而代之的是基列奴像看門狗一樣站在她的旁邊。

其他人是去找資料了嗎？

總之，我走到愛麗兒眼前。

或許是因為她穿著裙子卻抱著腳坐在地上，看得見她穿的白色的那個，就當沒看見吧。

就算希露菲和艾莉絲不在，也是有可以看的東西和不能看的東西。

而這肯定是不能看的。

「啊，魯迪烏斯先生……」

「辛苦了，愛麗兒大人。」

「啊，居然讓你看到我這副德性，真不好意思。」

愛麗兒注意到我後立刻端正坐姿，優雅地重新坐好。再見了，高貴的白色淑女。

算了，那種事根本無所謂。

「愛麗兒大人，我發現了一本好東西。」

「好東西？請問是什麼呢？」

「是會讓愛麗兒大人開心的東西。」

「讓我開心……會是什麼呢？難道是建國時期的官能小說？」

那個會讓妳開心？

「哎呀……失禮了。那麼，請問是什麼東西呢？」

感覺愛麗兒被逼到絕境後會口無遮攔地說一些莫名其妙的話，真有趣。暫時讓她維持這種狀態好像也不錯。

不對，距離出發已經不到一個月。沒有時間玩了。

「就是這個。」

我把書交給愛麗兒，她看了看畫在封面的圖畫之後，一臉震驚地瞪大雙眼。

「掛在樹上的蝙蝠紋章……」

啊，原來那不是水果而是蝙蝠啊。

「請您讀看看吧。我想比起官能小說，上面寫的內容會令您更為開心喔。」

愛麗兒擺出疑惑的神情，目不轉睛地盯著這本書，不久終於翻開封面。

「……啊。」

看樣子，她也是看了幾行就察覺到了。

那本書是──迪利克·雷特巴特的日記。

所謂日記，就是用來紀錄稀鬆平常的每一天的道具。

把每天發生的事情，適度地精簡後寫下，藉此記錄當時的感情。

沒錯，寫在日記上的，絕對不只是當天發生了什麼事這種情報。

所謂日記就是感情的紀錄。

生氣的事、令人哭泣的事、歡笑的事，還有快感、痛苦、偏見、孤獨、愉快、渴望以及喜怒哀樂。

把這些事情以曖昧的方式清楚地記錄下來。

儘管在迪利克的日記當中並沒有出現他自己的名字，但卻撰寫了他與愛麗兒及路克度過的每一天。

是本平凡的日記。

是本隨處可見的日記。

但也正因如此，上面寫的是他的真心話。

從他的真心話當中，我感覺到他對某件事物充滿驕傲，那是我之前完全意想不到的。

該怎麼說呢，我明明很清楚愛麗兒擁有非常高的領袖魅力，但卻沒想到早就有人如此看好愛麗兒，實在令我掩飾不住內心的驚訝。

愛麗兒開始讀起那本日記的內容。

平靜地、慢慢地，就像是在細細品嚐每段字句的內容一樣讀了起來。

我決定在旁等她看完那本日記。

就在我眺望愛麗兒看書的這段時間，希露菲他們回來了。

回到營地的希露菲、艾莉絲以及路克他們三人身上扛著大量的書籍。

看樣子，他們在其他書架發現了堆積如山的卡瓦尼斯資料。

希露菲和艾莉絲發現我目不轉睛地看著愛麗兒，有那麼一瞬間顯得不太高興。

然而，她們也同時察覺到愛麗兒的表情。於是換回原本的表情，靜靜地坐在我旁邊。

「魯迪，怎麼了嗎？」

「因為我發現了一本挺有意思的書，正讓愛麗兒大人閱讀。」

「噢，是什麼書？」

「是迪利克．雷特巴特的日記。」

我這樣說完，路克就露出恍然大悟的表情望向愛麗兒。

「聽你這麼一說我才想起，迪利克幾乎每天都會寫日記……」

「路克學長最好待會兒也看一下吧。」

「……嗯，也對。不過，上面應該沒寫什麼我的好話吧。」

聽到這句話後，我聳了聳肩做出回應。

你就好好期待吧。

「不過話說回來，魯迪，真虧你能找到呢。」

「因為我最近好像和日記莫名有緣。」

這種時候我還是別講明是奧爾斯帝德的指示，姑且這樣回答吧。

不過，實際上我的確和日記有緣。

未來的我寫的日記，卡瓦尼斯寫的日記，還有迪利克．雷特巴特的日記。

每一本都是日記。

過了一會兒，愛麗兒總算看完日記。

接著隨著「啪」的小小一聲，她把書闔了起來。

她表情沒有變化，顯得十分冷靜……但或許是因為有些興奮，她的臉頰泛著紅暈，眼裡也噙著淚水。

「愛麗兒大人……」

路克忍不住衝了過去，在她身旁屈膝下跪。

「啊，路克。你也來看吧。」

「……是。」

愛麗兒說完便把書交給路克，接著轉向我這邊。

她的眼神之中，已經完全沒有一絲迷惘。

她無疑從那本書獲得了什麼，那是身為局外人的我無法得知的某種特質。

要是迪利克還在人世，是會由他親自賦予愛麗兒的某種特質。

「愛麗兒大人……您覺得如何？」

「是。魯迪烏斯先生，實在很感謝你找到這本書。」

她擺出理解一切的神情這樣說道：

「我知道答案了。」

我默默點頭，回應那堅定的眼神。

然後，我們開始準備撤退。

我和希露菲負責歸還借來的書，艾莉絲、基列奴以及路克三人負責整理營地。

因為這裡沒有還書櫃，要把書放回原來的地方著實費了一番工夫。

我們為了把書歸還走過來又走過去，但或許是因為我們偶爾會搞錯位置，史萊姆會來回收書本並放回原來的地方。

儘管我會覺得乾脆全部交給史萊姆不就得了，但沒有把書放回原位弄得亂七八糟的，顯然有失規矩。

雖說這座圖書館的搜尋能力實在有夠拙劣，但卻擁有大量的情報，將來肯定還會再來利用這裡。所以還是別做出沒禮貌的行動。

況且要是能獲得魔王貝多貝青睞，或許他還會再幫我搜尋想要的書籍。

我一邊如此盤算，同時也好不容易把所有的書物歸原位，回到了營地。

營地這邊已經完成撤退的準備，行李都已經打包整理，所有人看看起來都閒得發慌。

一臉無趣地伸直前腳坐著的艾莉絲，盤腿坐著進入瞑想狀態的基列奴，在路克旁邊優雅坐著等候的愛麗兒。

以及，讀完迪利克的日記，一臉快哭出來的路克。

「怎麼會……居然會有這種事……」

路克眉毛歪著八字，同時用顫抖的手翻著書，將視線落在文字上。

「我……真是個笨蛋……」

「路克，應該說『我們』才對。」

「愛麗兒大人……」

或許是因為愛麗兒微笑以對，讓路克頓時感慨萬千，淚水開始不停地滑落。

愛麗兒露出苦笑，看著那樣的路克。

因為我也看了日記，知道迪利克到底是怎麼看待路克。

迪利克表面上寫了路克的壞話。說他是會教愛麗兒壞事的臭小鬼。

然而，從文章上可以看出他對路克有著和對愛麗兒一樣的親愛之情。

他從年輕時期的路克身上感受到他處理人際關係的手腕，如果不只是對女性，對男性也能發揮作用，或者說能立於上位擁有自己的屬下的話究竟會有什麼樣的發展，很期待他的成長。

沒錯，迪利克很看好路克。

儘管他對總是想著女性的路克感到束手無策，同時也認為他要是能成功蛻變，就會有驚人的改變。

如果迪利克還活著，愛麗兒和路克或許並不會像現在這樣如此積極登上王位。然而，如果是現在的愛麗兒和路克，想必迪利克會很開心助他們一臂之力。

我不禁會想，如果演變成那樣，或許就沒有希露菲的容身之處了吧。

而這也證明迪利克很仔細地在看著他們兩人，期待他們的將來。

「……」

我望向旁邊，希露菲以帶有稍微複雜情緒的表情看著他們兩人。

迪利克對他們的重要性，以她的立場來說或許並不是什麼有趣的事。

明明以為自己打從一開始就在一起，事到如今才發現自己其實不是初期成員。

雖然我想抱住希露菲，摸著她的頭安慰她說「有我在妳的身邊」，但感覺又有些不同。

當我正在這樣思考，聽到希露菲低喃了一句「好」之後，就像是下定決心似的靠近他們兩人。

然後，在兩人面前蹲了下來。

「我說，你們兩個。」

「希露菲……」

愛麗兒和路克看到希露菲，同時露出有些尷尬的表情。

儘管他們絕對沒有做什麼壞事，但我稍微能了解那種心情。

畢竟他們應該也把希露菲視為初期伙伴的其中一人看待。

希露菲打算說什麼呢？有點難以想像。實在讓人心驚膽跳。

如果希露菲傷心地走回來，我得做好準備，至少要張開手臂迎接她。

我邊胡思亂想邊看著眼前的景象之後，希露菲以帶有一點緊張的聲色說道：

「那個，回去以後，你們也要把迪利克那個人的事情告訴我喔。因為我也想知道，能夠讓你們兩個想要這麼努力的人到底是誰。」

「……當然。不如說正因為是妳，所以我們才希望妳能認識他，認識那個第一個發現愛麗兒大人才能的男人。」

路克用力點頭，同時這樣回答。

愛麗兒沒有回應，只露出莞爾一笑，就像是在表示路克說得沒錯。

希露菲看到他們的回應，也露出開心的笑容。

「……」

看到眼前景象，我不禁用手摀住自己的嘴巴。

內心自然而然地湧起一股感動。

我腦海浮現出一個畫面，就是在布耶納村時總是被人欺負，獨自一人的希露菲。

回想起當時只有我這個朋友，聽說我或許會離開她時幾乎快哭出來的希露菲。

而現在……啊啊，看啊，魯迪烏斯．格雷拉特。

那個女孩如今交到了這麼棒的朋友。

而且我沒有幫任何忙。愛麗兒和路克，是希露菲自己交到的朋友。

哎呀，希露菲不再是屬於自己的這點，著實讓人寂寞。

但是，這樣就好了，這樣就行了。這樣就對了。

以前我從來沒這樣想過，但其實就是得這樣才對。由某人保護希露菲的關係是不行的。無論是和我之間的關係還是和愛麗兒之間的關係，希露菲都必須和我們對等才行。

希露菲已經在我看不見的地方，確實地建立起那樣的關係。

而現在，她也試圖和我建立相同的關係。

這下我也得加油才行了。

像這種和朋友之間的對等關係……目前對我而言就是克里夫和札諾巴吧。

「那……那個，魯迪烏斯……」

我轉頭一看，突然發現艾莉絲站在我旁邊，用手肘頂了頂我的手肘。

怎麼了嗎？是因為我只顧著看希露菲，讓她嫉妒了嗎？

不要緊啦，我也會和艾莉絲好好相處。

不光是因為我們是夫妻，會好好地……嗯？

感覺艾莉絲的視線好像是朝著通道的方向，她在看什……

「呃！」

此時我才終於注意到，走廊已經擠滿了大量的史萊姆和螞蟻。

而且，牠們的身體中心還有眼睛都發出閃閃紅光。感覺是正在生氣的紅色。

「……髒……啊……」

「弄……了……」

雖然不知是從身體的哪個部位發出聲音，但總之眼前這一大群螞蟻和史萊姆發出了低吼

聲，試圖慢慢地靠近我們。

為什麼？牠們為什麼在生氣？

我們已經把書確實歸位了啊。迪利克的日記是還沒有還，但那是因為不知道原本放哪，所以我打算最後跟魔王打聲招呼再順便還回去。

「弄……了……」

「……髒……啊……」

弄、髒、了、啊？

弄髒了？什麼弄髒？書嗎？

「啊！」

我猛然望向路克。路克看到眼前的魔物大軍，表情一臉混亂，但突然像是恍然大悟似的把視線落在手上的那本書。

在視線前方的，是因為路克的淚水導致文字糊掉，變得無法閱讀的迪利克的日記。

「啊，抱……抱歉……！」

路克慌張賠罪，同時從自己懷裡拿出手帕擦拭書本。

「啊，不行啦路克！這樣做會……！」

希露菲匆忙制止，但為時已晚。

淚水被滑過後進一步弄糊文字，因為水分而變脆弱的紙張也應聲碎裂。

「吼啊啊────！」

螞蟻的後面出現了樹繩蝸牛，以驚人氣勢開始突進。螞蟻們張開下巴，史萊姆們也收縮身體。

看到眼前魔物因憤怒而忘我的態度，艾莉絲自然地往前踏出一步。

「不……不好意思！這是不可抗力！」

儘管我大聲辯解，但敵人卻完全不願停下腳步。

史萊姆一齊衝了過來，艾莉絲和基列奴立刻做出反應揮劍。

她們只砍出一刀就將六隻史萊姆的核心砍成兩半，史萊姆重重摔到地面化為一灘汙漬。

艾莉絲轉頭望向這邊並大吼一聲：

「魯迪烏斯！」

我想向特別為我們找書的魔王好好道謝，也想為弄髒書本一事向他賠罪，希望他能夠聽我解釋。

然而，眼前魔物的怒氣已然達到頂點。

根本聽不進我說的話。

「……我們逃！」

我大叫一聲，用力抓住行李。

希露菲等人也非常迅速地開始行動。

犯下失態行徑的路克雖然在那一瞬間稍稍慢了一步，但他應該也很習慣打這種撤退戰，馬上迅速抓起行李，拔出腰間佩劍，衝到愛麗兒身邊保護她。

看到這一幕後，我再次大喊：

「希露菲！」

「嗯！我走在前面！大家快跟上！」

我只是叫了一聲，希露菲就理解我的用意。

這就是所謂的心有靈犀。雖說可能只是偶然，但還是讓我有點開心。

「基列奴負責支援希露菲！路克負責護衛愛麗兒大人！艾莉絲和我負責殿後！」

「殿後是什麼意思啦！」

「走在最後面！」

我一邊大叫一邊朝著史萊姆集團舉起魔杖。

貝多貝陛下，對不起。路克並沒有惡意！

不過，路克說不定是人神的使徒，有可能是基於人神指示……不對，至少絕對不是這樣！

總之對不起！

「冰霜新星（Frost Nova）！」

霧狀的水和冷氣以時間差從魔杖前端射出。

魔物一旦吃下這擊，身體應該會瞬間遭到凍結，但這次的魔物卻沒有完全停止動作，只是變得比較遲緩。難道牠們有抗性嗎？

不過，只要讓牠們遲緩就足夠了！

「喝啊啊啊啊啊！」

黑狼揮劍攻擊，瞬間砍斷位於前進方向上的敵人。

史萊姆與螞蟻群不斷地被砍倒。

她試圖一鼓作氣突破敵陣，但卻被樹繩蝸牛擋在前面。

蝸牛不僅以背上的巨殼硬生生地擋下她的斬擊，還進一步收縮宛如棍棒大小的觸手直接迎擊。

這種猶如藏在戰車裡面用槍突刺的戰法，逼得基列奴只能做出迴避……

「冰槍（Ice Lancer）！」

但希露菲立刻展開攻擊。

儘管樹繩蝸牛把頭縮在殼裡，但身體下方並沒有受到巨殼保護。

希露菲召喚冰槍從地面往上刺，貫穿了樹繩蝸牛的內部，成功刺殺敵人。

「要上嘍！」

「嗯！」

希露菲繼續走在前方並衝過眼前的集團，基列奴也緊隨其後。

後方的愛麗兒和路克試圖衝過眼前防線，但是在冰霜新星攻擊範圍外的螞蟻卻繞過天花板

從上方襲擊。

「喝啊！」

但是被艾莉絲理所當然地攔下。

被砍中的螞蟻屍首異處，掉落地面。

「岩砲彈（Stone Cannon）！」

我緊接著發出岩砲彈摧毀敵人。

因為昆蟲型的魔物就算頭斷了也依然能動，所以我給牠致命一擊。雖說這是戰鬥的鐵則，但一想到自己殺的是特別為我們找書的魔王麾下的使魔，內心實在充滿歉疚。

「開始有趣了呢！」

「我的胃可痛了！」

我這樣回答艾莉絲，同時追趕走在前方的愛麗兒等人。

「可惡，到底是要冒出幾個啊！」

成群的魔物正固執地追著我們。

而且每隻個體都潛藏著與外表相反的驚人實力。

史萊姆比外表看來更為快速，會以宛如金○史萊姆的速度追擊我們。（註：メタルスライム。日本國民RPG《勇者鬥惡龍》的怪物，速度奇快無比）

要是稍有差池被牠們攔住，螞蟻就會用足以粉碎堅硬岩盤的下巴襲擊過來。

其中棘手的是會從前方襲擊過來的樹繩蝸牛。

牠們身上的巨殼十分堅固，就連艾莉絲和基列奴使出的渾身一擊也無法砍斷，而且就算砍中也不會直接死亡，反而會揮動猶如棍棒大小的觸手進行反擊。

不過，由於圖書迷宮沒有房間，一切都是以通道形狀構成，所以只要鞏固前後，就不至於遭到敵人包圍殲滅。

希露菲和基列奴是雙箭頭，我和艾莉絲則是雙後衛。

我以冰霜新星持續遲緩敵人動作，基列奴打頭陣驅逐史萊姆和螞蟻，希露菲使出冰槍從樹繩蝸牛下方刺穿牠，剩下的對手則交給艾莉絲一併收拾。

我們一邊在前方殺出血路，同時嚴防後方的敵人靠近。

目前看來，除了敵方的數量讓人感到煩躁，還算順利在前進……

「前面！」

基列奴大喝一聲。

我反射性地望向前方，發現眼前有大群史萊姆聚集。

然後，史萊姆漸漸地堆疊上去……

轉眼間就合體為一隻巨大的史萊姆，擋住了前方的道路。

「喂喂……」

根本是國○史萊姆嘛……（註：出自《勇者鬥惡龍》，由史萊姆堆疊合體而成）

「喝啊啊啊……『風槍龍捲（Tornado Impact）』！」

「喝啊啊啊！」

希露菲施放魔術，基列奴揮劍攻擊，然而形成牆壁的史萊姆一瞬間就修復傷口，馬上重新擋住道路。

「魯迪！我對付不了牠！」

「了解！」

我回應希露菲的吶喊移動到前衛。同時希露菲也後退擔任後衛。

轉眼之間便完成切換。

就算不用詳細說明，希露菲也可以瞬間了解我的意圖並付諸行動。

仔細想想，這次好像還是我第一次和她一起對付敵人。

感覺彼此的配合度比想像中還要好。

不，我並沒有特別做什麼。這都要多虧她能看出我的想法，在一瞬間理解並展開行動。

「……」

當兩人錯身而過時，我們兩人的眼神瞬間交錯。希露菲雖然一臉拚命的神情，但只有在和我眼神交會的那一瞬間，我看到她露出微笑，耳朵也微微抽動。

說不定她也和我想著一樣的事。實在讓人既開心又害羞。

不對，現在可沒時間想這些了。

不過話說回來，這史萊姆實在很大。

那個魔王也是以這種方式成形的嗎？

不對，這隻巨大史萊姆的體內存在著大量核心，充其量不過是集合體。

既然如此，要摧毀牠的話就得……

「……基列奴，我要用強力魔術一發把牠打散，麻煩妳盡可能地打倒分散出來的部位。」

「知道了。」

我向基列奴下了詳細指示。

儘管她也不是呆呆看著，但要是她和我的魔術同時衝進去就傷腦筋了。

「呼……」

我做了個深呼吸，把魔力聚集在右手。

對手是形成牆壁的史萊姆，最適合在牠身上開一個洞的魔術是……

不對，希露菲使用的「風槍龍捲」是一種會用像鑽頭一樣迴轉的風塊攻擊敵人的上級魔術。

但光是那樣只能在牠身上開洞，無法讓牠四分五裂。

那麼就不該以點攻擊，而是以面進行破壞。而且還是希露菲無法企及的高威力版本。

「『爆音衝擊波（Sonic boom）』！」

我以右手釋放出沒有形體的衝擊塊。

這是和中級魔術「真空波（Sonic Boom）」有著相同名字，但卻更具破壞力的發展型魔術。

伴隨轟隆巨響擊出的不可視攻擊，以驚人的速度衝撞史萊姆——隨著「嘎轟」的巨響穿過牠的身體，緊接著轟隆一聲，史萊姆被硬生生炸飛。

「喝啊啊啊！」

宛如要藉由大吼對抗隆隆震動的通道一般，基列奴大喊一聲往前衝去。

然後就在那一瞬間，砍碎了好幾十隻史萊姆的核心……

「唔！」

此時我突然發現——

有一群敵人正在牆壁史萊姆的後面準備伺機而動。

是樹繩蝸牛，而且還有五隻！

那些傢伙雖然被我使出的爆音衝擊波波及，在一瞬間停下了動作，但馬上又蠢動起來，開始朝這邊突進。

牠們直接從基列奴身旁穿過，朝我眼前直撲而來。

「喝啊啊！」

基列奴以極快的速度回防，使出渾身一擊攻擊第一隻蝸牛。

或許是擊中確切位置，樹繩蝸牛僅僅吃了一擊就暈了過去，直接撞向書架，被埋在書堆之中無法動彈。

「……！」

同時，我也對第二隻及第三隻擊放岩砲彈。

岩砲彈發出刺耳聲響向前飛去，幾乎沒有受到任何抵抗直接突破外殼，在蝸牛內部翻攪，將內臟四分五裂之後貫穿而去直衝後方。

但危機還沒解除。儘管全身淋到被打散的第三隻飛濺的汁液，第四隻依舊持續朝我突進。

基列奴急忙趕上，擋在我的前方迎擊第四隻。

還有一隻呢？

「！」

當我想到的時候已晚了一步。第五隻藏在第四隻的旁邊移動過來，牠的棍棒已經遍布在我預知眼的視線之中。

沒辦法迎擊。那就設法迴避，我抱著這種想法奮力後仰上半身。

「咕嗚！」

側腹一帶遭到衝擊，儘管我順利迴避棍棒攻擊，卻依舊被直接突進過來的樹繩蝸牛撞飛。

「噗呼！」

我整個人撞上書架，一口氣吐出肺部的空氣。

糟糕，被突破了。

正當我這樣想，第五隻蝸牛已經逼近到愛麗兒眼前。

她手上拿著一把短劍，瞪大眼睛試圖和樹繩蝸牛正面對決。想必她也打算以自己的方式戰鬥。

儘管她抱著必死的覺悟，但並沒有發抖。

我想，她肯定已經體驗過好幾次這樣的襲擊吧。

話雖如此，樹繩蝸牛就像失去控制似的一邊揮動觸手一邊朝她突進。

我不認為她有辦法制伏敵人。

因此我反射性地舉起右手，瞄準樹繩蝸牛準備發射岩砲彈。

不要緊，來得及。

雖然我這麼認為，但在同一時間，視線角落再度捕捉到其他敵人。

是史萊姆。由於樹繩蝸牛的出現導致剛才來不及打倒的無數史萊姆，正穿過樹繩蝸牛的旁邊，朝向愛麗兒殺了過去。

另一方面，基列奴還沒有徹底打倒第四隻。

儘管一瞬間產生了猶豫，但我的行動沒有絲毫停頓。

「岩砲彈！」

我的岩砲彈分毫不差地朝著樹繩蝸牛急馳而去，隨著熟悉的刺耳聲響，粉碎了牠巨大的身軀。

與此同時，史萊姆穿過基列奴身旁殺向愛麗兒。

就在這個時候，一名男子在她眼前擋下敵人。

是路克。

路克原本試圖和樹繩蝸牛對峙，但察覺到對手會被我所殺，立刻把目標變更為史萊姆。

史萊姆的數量共有十隻。

其中兩隻衝向跪在書架旁邊的我，有三隻轉換方向，朝基列奴身後襲擊過去。

我以預知眼觀察兩隻史萊姆的動作冷靜應對，同時以眼角餘光看著路克。

路克搶先攻擊，殺了逼近眼前的五隻史萊姆其中一隻。

但是，他卻遭到其他四隻同時圍攻。第一隻用身體衝撞他的腳，第二隻攻擊他的腹部，在他因此不支跪下的時候，第三隻纏在他的劍上，第四隻趁機瞄準毫無防備的腦袋。

「唔喔！」

路克的頭部吃了沉重的一擊，額頭和鼻子噴血，但即使如此也沒停下攻擊。

他用左手拔出短劍，打倒了纏在劍上的第三隻，再以重獲自由的劍打倒襲擊愛麗兒的第一隻和第二隻。

「我不會讓你們碰愛麗兒大人一根寒毛！」

但是還留著最後一隻，是攻擊路克頭部的第四隻史萊姆

第四隻趁著路克背對牠時輕快地跳躍，瞄準他的後腦打出一擊。

和柔弱的外表不符，那一擊擁有宛如用鐵球砸在對方身上的威力。

若是打中要害，這一擊的威力甚至有可能粉碎頭蓋骨。

然而，這一擊並沒有打中路克。

因為愛麗兒以手上的短劍精準地刺中史萊姆的核心。

核心遭到貫穿的史萊姆立刻像溶解一樣變形，重重落在地上後化為一片汙漬。

「……愛麗兒大人。」

「路克。我可不打算連這種時候都當個花瓶喔！」

愛麗兒嫣然一笑。就在這時，前方的敵人看來也已經收拾完畢。基列奴一臉嚴肅地望向這邊。

「前進！」

我邊用治癒魔術邊站起身子，向她下達繼續前進的指示。

雖然還想讓他們沉浸在美好的氣氛之中，但後方也有大量敵人逼近。

還是盡快往前移動吧。

後來，我們一邊解決敵人，一邊朝向出口衝刺。

牠們真的是用盡各式各樣的方法阻止我們。

有像牆壁的史萊姆、大量的樹纏蝸牛，天花板突然崩塌，甚至還出現了一大群螞蟻。

拜此所賜，我們再怎麼拚命殺敵依舊會出現漏網之魚，但是在這種時候，路克就會賭上性命保護愛麗兒，再加上愛麗兒本身也會用短劍搭配魔術攻擊，幫忙擊退敵人。

以結果來看，我們幾乎是毫髮無傷地回到了魔法陣這邊。

這是所有人都努力戰鬥所換來的成果。

如果愛麗兒只是個受人保護的公主，如果路克顯露出身為人神使徒的本性，襲擊我們後方的某人的話，我們的戰線肯定早已在某個地方崩壞。

不過話說回來……這下搞砸了啊。

實在沒想到魔王會因為眼淚滴到書上就動怒。

我原本打算要找機會來這裡尋找情報，好好活用一番……

看樣子是沒辦法了。畢竟我們打倒了那麼多使魔，在撤退時也傷到了書本。

那些使魔與其說是人類，反而比較接近人偶，牠們會機械式地採取無機質行動，算是不幸中的大幸。

不過就算是機械，破壞了牠們也是不爭的事實。這樣一來還有什麼臉再利用那裡呢？我想最好認為就算是寫信道歉也不會獲得他的諒解。

可是，我了解路克就算成了人神的使徒依舊會拚死保護愛麗兒，而且愛麗兒也得到佩爾基烏斯那個問題的答案。

得知了我們必須知曉的事情，達成了目的。

至少結果還算不錯。

第八話「甲龍王和第二公主」

這裡是空中要塞 Chaos Breaker 的晉見之間。

排在眼前的是十二精靈。

空虛的希瓦莉爾。

光輝的阿爾曼菲。

贖罪的尤爾茲。

洞察的卡羅旺特。

時間的斯凱刻特。

轟雷的克里亞奈特。

破壞的德特霸司。

波動的托洛菲摩斯。

生命的哈肯梅爾。

大震的嘉羅。

瘋狂的弗利亞司法爾。

暗黑的帕爾提姆特。

以及坐在晉見之間最裡面的那個人，他是這城堡的主人，也是精靈們的王——甲龍王佩爾基烏斯。

而站在他眼前的，是阿斯拉王國第二公主愛麗兒・阿涅摩伊・阿斯拉。

她一臉無所畏懼，直挺挺地站在比肩而立的這群精靈面前。

「……」

離開迷宮之後，愛麗兒立刻就聯絡希瓦莉爾，希望能晉見佩爾基烏斯。

由於希瓦莉爾要她一個小時後前來晉見之間，愛麗兒就趁這段時間打理好服裝儀容。而希露菲和路克也配合她的打扮各自換上正裝，三人就這樣換上了與阿斯拉王國第二公主以及其護衛的頭銜相稱，既體面又帥氣的衣服。

至於我，則是穿著從奧爾斯帝德那收下的長袍。儘管外表稱不上體面，但這可是奧爾斯帝德借給我的衣服，換句話說這等於是我的制服，應該沒問題吧。

「……」

愛麗兒帶著充滿幹勁的表情走過十二精靈之間。

她絲毫不理會投注在自己身上的視線，站在佩爾基烏斯面前優雅行禮。

希露菲和路克也配合她的動作屈膝下跪，而我這次當然也一起跪下。

「承蒙您允准此次的晉見，實在感激不盡。」

「廢話少說。今天又有什麼事？看妳那身打扮，想必不是來邀請吾參加茶會吧……」

佩爾基烏斯用裝傻的態度說道。

希瓦莉爾已經向他轉達愛麗兒這次的來意，所以他肯定知情。

換句話說，這傢伙還真會演啊。

算了，像這樣製造氣氛進行問答，應該也是場面形式的一種吧。

「我這次晉見，是為了讓自己成為阿斯拉王國女王，特來邀請佩爾基烏斯大人助我一臂之力。」

愛麗兒對佩爾基烏斯的演技不為所動，直截了當地說出來意。

「哦……那吾再問妳一次。」

佩爾基烏斯將手肘撐在王座，用手掌托住歪著的脖子這樣提問：

「妳認為身為王最為重要的要素是什麼？」

聽到這個問題，愛麗兒抬起下巴回答：

「身為王最重要的要素，那就是……」

其實我還沒聽過她的答案。

儘管愛麗兒說她知道答案，但也不能保證那就是正確解答。只不過就算問了，我也無法得知那答案到底是不是正確……

即使如此，我或許應該要先問過她，好確認那個答案有沒有明顯不對勁的地方才是。

不，都到這個地步了，就相信愛麗兒吧。

因為她那麼有自信，至少不太可能會跟正確答案八竿子打不著。

「那就是『繼承遺志』。」

安靜的晉見之間迴響著這句話。

在場明明有十七個人，但此時的晉見之間卻瀰漫著一股靜寂的氛圍。

「哦？」

佩爾基烏斯呼了口氣反應這句話。

他臉上的表情一如往常，至少無法從他的臉色判斷這是不是正確答案。

「繼承遺志」。

我可以理解愛麗兒為什麼會思考出這樣的結論。

因為愛麗兒的成王之道，是從死亡開始。

以迪利克的死為開端，再加上後來十三名隨從的死亡，是這股力量把她推向了現在這個地方。

我已經聽說過他們是什麼樣的人物，盼望著什麼樣的未來，當然也包含迪利克在內。

這些人即使死去，也把自己的遺志託付給愛麗兒。

除了這些人以外，這一路上想必還有許多人把遺志託付給她。

而這些人的遺志，正是引導愛麗兒成為王者的根基。

而且，佩爾基烏斯的朋友卡瓦尼斯．夫里安．阿斯拉是戰爭時期的人物。

經過我們的調查，才發現他原本是個人渣。

然而反過來說，也可以理解為他是個能像朋友一樣交往的豪爽王族。

他幾乎每天都會溜到鎮上喝酒，和冒險者或是傭兵打鬧。

話雖如此，既然他也是人，總是會有心情好的時候。一旦黃湯下肚，心情大好地發起酒瘋，他也會對冒險者和傭兵講些有關王族和貴族的牢騷。而冒險者們也會一邊露出苦笑一邊聽他抱怨，有時甚至還會主動幫忙。相對的，卡瓦尼斯應該也曾經答應過他們的要求吧。

在日復一日的激烈戰爭當中，被當作棄子看待的，就是這些冒險者、傭兵以及下級士兵。

而卡瓦尼斯是不是在和他們交流的時候建立了友好關係，更幫忙完成他們最後的心願呢？

這樣的他後來當上國王。應該說當時的局勢逼得他不得不這麼做。

但是，那些貴族和騎士對於他當上國王一事肯定不是滋味。

然而，冒險者和傭兵卻有不同想法，他們願意助卡瓦尼斯一臂之力。

佩爾基烏斯等人為了打倒拉普拉斯而踏上旅程，最後順利打倒拉普拉斯。

那一定是因為有他在，在王族貴族之中，只有他願意繼承那些在激戰中死去的無名士兵們的遺志，所以才能辦到這個創舉。

而且在這段期間，卡瓦尼斯也成功地守下國土。

當然，只靠那群冒險者和傭兵，無法撐到佩爾基烏斯等人歸來。

如果不能所有人都團結一致，肯定無法擋下拉普拉斯的猛攻。

所以，肯定還有其他的貴族和騎士也紛紛跳出來效忠卡瓦尼斯。

會有這樣的結果，不正是因為他繼承了在戰爭中死去的人們的遺志嗎？不正是因為他繼承了兩位兄長以及父親阿斯王的遺志嗎？

而他們的遺志，就是保護這個國家。

所以，這樣的答案姑且說得通。因此愛麗兒才會選擇這個答案。

不過佩爾基烏斯會接受嗎？我個人倒是覺得有點太過直白了……

「…………哼。繼承遺志，是嗎？」

佩爾基烏斯低頭看著愛麗兒，哼笑一聲。

「換句話說，促使妳想要成王的志向，終究只是被他人所左右罷了。這樣的傢伙，配稱為真正的王者嗎？」

他的語氣中帶著幾分輕蔑。難道這個答案是錯的嗎？

然而，愛麗兒依舊不為所動。

「是，您說得沒錯，佩爾基烏斯大人。歸根究柢，我的志向只是受到旁人左右而生。想必和世人心中所想的真正王者相去甚遠。但是……」

愛麗兒吸了一口氣，以堅毅的態度這樣說道：

「我……只要對於把遺志託付給我的人們而言是個王者，那麼就算不是真正的王者也無妨。」

「哦……」

佩爾基烏斯表情顯得很不是滋味。他不悅地用手托著下巴，繼續提出下一個問題。

「妳的意思是，要吾把力量借給愚昧的王者是嗎？」

「是。正因為我愚昧，才會斗膽望您能助我一臂之力。」

「哈！」

這個發展是不是不太妙啊？

我認為愛麗兒的回答很出色。

真正的王者不應該拘泥於形式，而是回報給肯對自己盡心盡力的人。

而她正是為此才要成為女王。

為了他們施政，成為他們心目中的王。

先不論這是不是正確答案，但我認為這是很出色的志向。

但是，這個答案會不會和佩爾基烏斯所要的答案相距甚遠呢？

「所以，妳以為這樣的答案，真的有辦法讓吾願意助妳一臂之力嗎？」

「我不這麼認為，佩爾基烏斯大人。但是，這是我真正的心情，是我毫無虛假，愛麗兒・阿涅摩伊・阿斯拉作為王者的覺悟。」

愛麗兒以強烈的視線，目不轉睛地盯著佩爾基烏斯。

「如果您因此拒絕的話，那我也不需要佩爾基烏斯大人的力量。」

否定的一句話。

佩爾基烏斯瞪大雙眼，十二精靈也跟著動搖。

希露菲和路克也同樣震驚，我也嚇到了。因為我知道沒有佩爾基烏斯幫忙就贏不了，所以要是被他拒絕的話可就傷腦筋了。

「妳的意思是，要成為王不需要吾的力量嗎？」

「既然我的理想和佩爾基烏斯大人的理想相去甚遠的話，反而會成為彼此的枷鎖吧。」

佩爾基烏斯的手離開下巴，緩緩挺起身子。

看那表情，應該是生氣了吧。他抿緊嘴角，瞪大雙眼。雖然沒有握拳，看起來卻是盛氣凌人。

接著，他迅速把手高舉

在那一瞬間，讓我有了一種佩爾基烏斯要十二精靈襲擊愛麗兒的錯覺。

但是我錯了。

「說得好！愛麗兒・阿涅摩伊・阿斯拉！妳的信念，吾確實收到了！」

我握緊魔杖，眼看就要灌注魔力……但在聽到這句話後馬上收手。

「吾甲龍王佩爾基烏斯・朵拉，現在向故友卡瓦尼斯・夫里安・阿斯拉發誓，定會助妳一臂之力！」

佩爾基烏斯進一步放聲大喊。

「準備轉移魔法陣！妳現在即刻返回王宮，把排場準備好，然後再呼喚吾吧！」

「多謝大人。」

愛麗兒對佩爾基烏斯這番話表示感謝，希露菲和路克也同樣深深鞠躬。

我依然握著魔杖，就那樣一動也不動，還有一點混亂。

答案是錯的。愛麗兒選的是佩爾基烏斯不中意的答案，我有這種感覺。

然而，佩爾基烏斯卻說要助愛麗兒一臂之力。

他在與愛麗兒的問答中看到了什麼？他的考量是什麼？我完全不得而知。

「那麼，我先告辭了。」

愛麗兒走在前面帶著兩人退出晉見之間。

她一臉若無其事，希露菲和路克則是擺出達成某種成就的表情。

不管怎麼樣，佩爾基烏斯宣布要站在愛麗兒這邊，成為愛麗兒的幕僚。

奧爾斯帝德派給我的任務……成功了。

「……」

我原本打算跟著他們一起離開，但卻停下腳步，望向王座的方向。

眼前是被十二名屬下圍繞，擺出高高在上姿態的佩爾基烏斯。

他目不轉睛地盯著離開的眾人，我們理所當然地對上視線。

「怎麼了，魯迪烏斯．格雷拉特？」

「不……」

我轉過身子，打算追上愛麗兒，但我果然還是很在意，無論如何都想問個水落石出。

「請問，到頭來身為王最為重要的要素，剛才那個就算是正確答案嗎？」

佩爾基烏斯哼了一聲後，如此回答：

「那並非吾期望的答案。」

「那您為何要這麼做？」

聽到我的提問，佩爾基烏斯愉快地笑了。

「從前，吾等每一個人都認為卡瓦尼斯才是真正的王者。這個男人思考柔軟卻小心謹慎，豪放不羈卻心思細膩。喜愛浪費，做盡浪費之事，卻也因此沒有任何浪費，正因沒有任何浪費，因此他會觀察他人，活用他人，藉此讓自己獲得成長。像他那樣的人，才是適合在戰亂之世立於眾人頂點的人類。」

佩爾基烏斯的語氣聽起來非常懷念。

他口中的內容和我們所調查過得卡瓦尼斯有些不同……雖說多少也有些回憶加成，但畢竟這是實際見過他的人親手敘述的形容，這肯定才是他正確的形象。

「愛麗兒．阿涅摩伊．阿斯拉和卡瓦尼斯毫無共同之處。但是吾聽了愛麗兒那番話，觀察她的言行舉止，這才不禁讓吾想起，從前卡瓦尼斯所提過的『理想王者』，不就是像她那種人嗎？」

「卡瓦尼斯大人所提過的『理想王者』？」

「嗯。對他而言，自己的存在和理想似乎是天差地遠。不論是年輕時待的酒館，戰役中的野營地，甚至是成為阿斯拉王之後，他也總是在談論著何謂『理想的王者』。」

此時，佩爾基烏斯看向我這邊。

「『值得讓所有人為他豁出性命之人，才是理想的王者』。」

噢，原來如此，是這麼一回事啊。

愛麗兒說的答案是「繼承遺志之人」。

實際上，已經有十幾名部下為了愛麗兒命喪黃泉。以當時的情況來看，根本不能保證她能登上王位。所以這些人反而是在那種希望微薄的狀況下，不求任何回報便豁出性命保護她。

因此，愛麗兒正是「值得讓人豁出性命的對象」。

簡而言之，愛麗兒雖然和佩爾基烏斯理想中的王者不同，但卻很接近卡瓦尼斯理想中的王者。

因為每個人的理想不盡相同。

「原來如此，我理解了。佩爾基烏斯大人的器量總是如此令人敬佩。」

我行了一禮，準備離開現場。

「魯迪烏斯．格雷拉特。」

正當我準備這麼做，這次換成佩爾基烏斯把我叫住。

我轉過身子，這時佩爾基烏斯已經起身，正準備從其他入口離開。

「吾也問你一個問題。」

「您請問吧。」

「你為何沒有搬出奧爾斯帝德的名字？吾雖然討厭他，但再怎麼樣也不能無視他的威名。只要你方才搬出奧爾斯帝德的名字，這件事應該可以進行得更加順利才是。」

奧爾斯帝德說他曾親自拜託過佩爾基烏斯，但卻遭到拒絕。

因此就算我喋喋不休地賣弄奧爾斯帝德的名字，想必也不會得到什麼好結果。

看樣子這是在測試我吧？他希望我講些裝模作樣的話嗎？

「這是因為，要登上王位的人並非我或是奧爾斯帝德大人。」

「但是那傢伙想讓愛麗兒成為女王，而且你也贊同這件事對吧？既然如此，為了達到目的，你更應該徹底活用奧爾斯帝德的名號才對。」

「就算是這樣，要成為王的畢竟還是愛麗兒大人，協助她的則是佩爾基烏斯大人。儘管我和奧爾斯帝德大人會出手相助，但終究還是外人。我認為要是過於賣弄大人的威名，強硬讓事情有所進展，也只是徒留遺憾罷了。」

呵呵，太帥了。講得真不錯，真該自賣自誇一下。

嗯。既然是當事人之間的事情，果然還是要交給當事人自己討論之後得到解決才是最理想的結果。

我在愛麗兒成為女王之後，沒有特別想做的事。

是說我根本沒有什麼想要求的。不過奧爾斯帝德有什麼打算就不得而知了……

總之，反正我的立場還挺不負責任的，那還是別強出頭得好。

「你的想法太溫吞了。」

佩爾基烏斯丟下這句話後，離開了房間。

「……」

我也忍受不了留在原處的十二名屬下關注的視線，跟著離開現場。

有點難為情。

算了，這表示隨便耍嘴皮子是不行的。

離開晉見之間，我馬上回到了愛麗兒的房間。

我一邊為了晚到的事情道歉，同時打開房門。

「抱歉，我遲……」

映入眼簾的是滑潤的白皙肩膀。

愛麗兒身上的豪華服裝已由希露菲幫忙脫下，她現在只穿著內衣，正在解開束腹。

「啊！喂！魯迪！」

「不要緊。魯迪烏斯先生是這次的大功臣。無論是在什麼時候，他要進入房間都不需要得到許可。如果我的身體就能成為獎勵，那豈不是很划算嗎？」

「咦？可是愛麗兒大人……」

「啊……是我思慮不周。魯迪烏斯先生，雖然很抱歉，但我還是希望你能先離開房間。」

當她講出那句話時，我早已走出房外準備把門關上。雖然不知道愛麗兒誤會了什麼，但我可不是那種看到別人在換衣服還會賴著不走的無賴之徒。

不過，愛麗兒的身材實在很好啊。

雖說艾莉絲也是魔鬼身材，但她是經過訓練才鍛鍊出那樣的體格。相較之下，感覺愛麗兒就是天生麗質，不須經過任何努力就能變成那樣的身材，我想應該是基因使然吧。

基本上，以勻稱的角度來看希露菲也不會輸。因為她既沒胸也沒屁股，身材非常苗條，所以她是真的很勻稱。我最喜歡那樣的她了。

至於洛琪希則是神，根本無從比較。

「下次開始我還是好好敲門吧……」

以前只要不敲門就打開房間，總是會看到粗壯的男人抱著人偶。

我怎麼還沒從這份經驗學到敲門的重要性呢？我也真是不長記性。

咦？是說路克在房間裡面吧？那傢伙就可以嗎？應該可以吧。

畢竟對愛麗兒而言最安全的人，肯定就是路克。

「魯迪，可以進來了。」

過了一會兒，希露菲從門縫中探頭這樣說道。

我依言打算進入房內，但希露菲卻露出了稍微不滿的表情。

「你看到……愛麗兒大人的那個了嗎？」

「內褲是白色的呢。」

希露菲不高興地鼓起臉頰。

順道一提，她的內褲也是白色。因為昨晚換上的時候我確認過了，肯定沒錯。

我伸手戳了戳希露菲鼓起來的臉頰之後，打算進入屋內，但走到一半時屁股突然被捏了一下。

「希露菲葉特老伴～」

「什麼事～魯迪烏斯老伴～」

「要親熱什麼的，得等回家後再說喔～」

「……真是的！」

希露菲使勁地打了我的屁股，然後嘟著臉頰，跑到位於房間角落的椅子那粗魯地坐下。

她臉都紅了，真是可愛。

總之，先把這件事放一邊。

換完衣服的愛麗兒正坐在房間裡面。

就算身穿便服也散發出公主的氣息，是跟身上穿的衣服價格有關嗎？或者是因為她的內在也是真正的公主呢？

不，怎樣都無所謂。總之先道歉吧。

「我剛才不知道您在更衣，失禮了。」

「不會……你覺得如何？」

「如何是指？」

「對我身體的感想。」

我非講不可嗎？講了的話待會兒肯定會被希露菲教訓吧……

不，這肯定也是在測試我。

畢竟今天是被考驗的日子。這次我可不會選錯。

「非常出色……雖然我想這麼說，但我個人比較喜歡希露菲這種類型。」

「是這樣啊。那還真是汙染了你的眼睛了呢。」

愛麗兒嘻嘻地笑了，希露菲紅著臉說「你在說什麼啦……」路克則是聳了聳肩。

或許是因為成功說服了佩爾基烏斯，氣氛相當輕鬆。

「請坐吧。」

我在椅子上就座後，她就換上了一本正經的表情，所以我也跟著切換。

「我們能夠成功進入下個階段，都要歸功於魯迪烏斯先生。」

「不，我什麼也沒做。」

「請不用謙虛，這都是多虧了魯迪烏斯先生帶我們去那座圖書館。」

我倒認為能找到答案，說服佩爾基烏斯，無疑是愛麗兒自己的力量。

算了，原本負責說服佩爾基烏斯的迪利克已不在人世，根據日記上的記述，愛麗兒在這種狀況下無法獲得佩爾基烏斯的信賴，所以事實上的確是受我幫助才能得到這種結果。

就坦率地把這件事當作我自己的功勞吧。

雖說有一半以上都是奧爾斯帝德的建議就是了。

「然後，我想討論下一步行動。佩爾基烏斯大人要我立刻回到王宮，準備好排場。所以我打算按照他的吩咐，返回阿斯拉王宮。」

「準備排場是指？」

「就是字面上的意思。」

我就是不懂字面上是什麼意思啊。

不對，在問之前先自己稍微想想吧。

首先把話整理一下，佩爾基烏斯不打算和我們一起匆忙趕回阿斯拉王國。因此，要由愛麗兒先行回國，幫佩爾基烏斯策劃一個適合他登場的場面。

比方說聚集了眾多貴族的派對會場。

等到場所準備好，再鄭重地呼喚佩爾基烏斯。

於是，佩爾基烏斯和十二精靈會隨著敲鑼打鼓的聲音磅礡登場。

貴族們見狀自然會大吃一驚，大喊一聲「嘩！佩爾基烏斯！」，然後一起拜倒在地。

大概是像這種感覺吧。

「……這樣啊，但應該不需要那麼著急吧？是不是該多花點時間準備比較好？」

「這可不成。因為我收到消息，據說父王目前罹患重病。」

愛麗兒若無其事地宣布衝擊的事實。

是嗎，愛麗兒果然已經掌握那個消息了。

是經由一般管道獲得，還是路克從人神那裡得到情報的呢……

反正，我想八成是後者吧……

不對，等等，說起來也有可能是愛麗兒直接從人神那得到情報。

換句話說，愛麗兒也有可能是使徒。

如果愛麗兒是使徒的話，我們這次目的的最大前提可就完全不成立了。

如果真是那樣就不妙了。

看樣子愛麗兒有沒有可能是使徒一事，我必須先向奧爾斯帝德問清楚。

「從魯迪烏斯先生的表情來看，你似乎已經知情了呢。」

「咦？」

「不愧是被龍神招攬為屬下的人物。聽到阿斯拉王罹患重病的消息，依然無動於衷。」

「啊……是因為路克學長之前突然拜託我，再加上我看到愛麗兒大人臉上焦躁的神情，所以大概想得到出了什麼事。」

就先這樣說吧。

愛麗兒也滿意地點了點頭。沒有問題。

「因為魯迪烏斯先生可能也有自己的計畫……這樣吧，如果準備個十四五天應該沒問題吧？」

愛麗兒好像打算只準備兩週左右就動身。

自從接到奧爾斯帝德的第一個命令之後，已經過了十二三天，到時正好是一個月左右。結果證實了奧爾斯帝德的估計是正確的。

「幸好，只要佩爾基烏斯大人幫忙準備轉移魔法陣，移動就不會花上那麼長的時間，所以時間上綽有餘裕。可是既然父王已經罹病，如果不立刻趕回去，當我們抵達時也有可能為時已晚。所以我希望能在兄長們鞏固勢力之前回到王國。」

從這段對話來看，可以肯定的是國王會因病而死。再來，就是誕生下一任國王。要是慢吞吞的話，愛麗兒甚至無法參加這場對決。

雖說這點我心知肚明，但有件事情讓我擔憂。

奧爾斯帝德也說過，在阿斯拉王國有一名危險人物。

那就是名叫大流士·席爾巴·賈尼烏斯的上級大臣。

按照奧爾斯帝德的說法，只要有那傢伙在，愛麗兒就沒什麼贏面。

為此，必須和朵莉絲堤娜接觸，她是會成為大流士致命弱點的人物。

只要有朵莉絲堤娜在，就有可能讓大流士垮台。

只要獲得佩爾基烏斯的協助，一國的上級大臣根本不足為懼！——我是希望能像這樣，但若真有這麼順利，奧爾斯帝德也不會特地提出建議。

由於佩爾基烏斯出手相助，目前愛麗兒派和第一王子派幾乎平分秋色。若是能再讓大流士垮台，局勢就會對我們有利，目前差不多是這種感覺。

所以為了確實掌握勝利，現在必須再多個保險。

「愛麗兒大人，關於轉移魔法陣，是不是請他們幫忙把目的地設置在阿斯拉王國的國境附近比較好呢？」

「哦？那是為什麼呢？」

「貴為一國公主之人，要是不通過國境就進入國內，恐怕會讓別人誤以為您做了什麼虧心事。更何況，轉移魔法陣被視為禁忌。一旦使用這種方式移動，就有可能無端遭人懷疑。因此我認為至少從國境到首都這段距離應該以徒步移動，讓國民親眼看到愛麗兒大人。」

「原來如此，確實有道理呢。」

好。再來只要編一個適當的理由，試圖和朵莉絲所在的組織接觸就行了。
雖說我還沒想好接觸的方法，不過要和那種非法組織交涉，基本上只要有錢就能解決。
「我反對。」
打斷對話提出質疑的人，是路克。
「既然陛下罹患疾病，在回國的路上說不定會有第一王子、第二王子的手下暗中埋伏。儘管轉移魔法陣是禁忌手段，但只要轉移的當下沒有被人看到，事後要怎麼辯解都沒有問題。」
「有道理呢。繼續說。」
「和以前不同，這次魯迪烏斯也在。因此沒有戰力上的不安。但是根據風聲，我聽說第一王子派已經把北帝招攬為旗下劍客。在王宮內雖然另當別論，但如果在回程遭到北神流的熟練劍士襲擊，想必會很危險。」
從路克的話中可以感覺到他在畏懼。
「的確是不希望遭到襲擊呢……」
從表情看來，愛麗兒和希露菲在心情上似乎比較偏向路克。他們三個人為了逃離阿斯拉王國，拚死拚活地一路戰鬥，也有幾人因此死去。
所以他們才會如此畏懼會被敵人襲擊的旅行。
話雖如此，這下該怎麼辦才好？
該隨便找個理由，只有我一人提早動身，試圖和朵莉絲接觸嗎？

不，要是愛麗兒等人在這段期間出了什麼意外就本末倒置了。

畢竟我還在懷疑路克就是人神的使徒。

說不定連這個提案也是來自人神的建議。

「魯迪烏斯先生的意見和路克的意見都有道理……希露菲妳怎麼看？」

愛麗兒一邊煩惱，一邊將話題拋給希露菲。

「這個嘛，就我來看，最好還是轉移到國內。雖然不知道會轉移到阿斯拉王國內的哪個地方，但我認為不通過國境若是可以令第一王子出其不意，那就再好不過了。」

哎呀，希露菲也傾向路克的意見啊。

「況且，我們當初離開時也沒有大張旗鼓，所以我想回去時最好也要不動聲色。再加上從國境移動到首都得花一個月以上……這樣只是浪費移動時間。」

不愧是希露菲，可以整理自己的想法提出讓人接受的意見。這很難反駁。

「這樣啊……我明白了。那麼我們就按照預定，轉移到阿斯拉王國境內吧。」

當我正在煩惱的時候，愛麗兒已經做出決定。

因為我沒有先向希露菲提示情報，所以這次的失態果然得算在我的頭上吧？

唔～該怎麼辦呢……

我該個別行動去接觸朵莉絲嗎？還是說要拜託其他人去做這件事呢？

基列奴……她不適合負責交涉。

艾莉娜麗潔……還在懷孕。這樣一來也不能帶克里夫一起去。

再來還有誰既擅長交涉又值得信賴？

雖說札諾巴感覺不是很適合交涉，不過要是帶金潔一起去的話……

不對，要是帶上其他國家的王子，那反而有可能引發大問題。

正當我在胡思亂想的時候，突然傳來了咚咚的敲門聲。

「請進。」

「打擾了。」

進來的人是希瓦莉爾。她環視整間房間，輕輕地振動背後的翅膀……這樣說道：

「剛才我們查明了一件事，阿斯拉王國內的轉移魔法陣已經全數遭到破壞。」

「咦！」

她突然說轉移魔法陣被破壞了。

「請問是怎麼一回事？」

「是，請讓我詳細說明——」

希瓦莉爾語氣平淡地說明。

佩爾基烏斯在剛才的晉見之後，立刻命令了希瓦莉爾啟動魔法陣。

在這座空中要塞之中，存在著用來轉移到阿斯拉王國某處的魔法陣。

然而當希瓦莉爾前往設置魔法陣的場所後，卻發現轉移魔法陣已失去效力，毫無動靜。

感到匪夷所思的希瓦莉爾派阿爾曼菲前往當地調查，這才發現當地的魔法陣已經遭到破壞。

阿爾曼菲進一步調查之後，查明存在於阿斯拉王國境內，佩爾基烏斯能使用的魔法陣已經全數遭到破壞。

因此，希瓦莉爾如此說道。

「如今已經不可能直接轉移到阿斯拉王國境內。」

最近的魔法陣位於阿斯拉王國國境附近，因此我們得從那裡徒步移動。

「……」

這很明顯是某人幹的好事。

可以肯定有人做了什麼。

至於那是人神還是奧爾斯帝德，明天問了奧爾斯帝德自然就能水落石出。

不過，在這個當下已經產生了一個狀況。

那就是眾人對我的不信任。

在剛才那段對話之後，發生了只能採用我的提案的狀況。

我可以感受到路克懷疑的視線。他臉上的表情就像是在說「你是不是知道什麼但卻不說出口」。

就連希露菲也以不安的視線看著我。她大概懷疑這是奧爾斯帝德搞的鬼吧。

但是，唯獨愛麗兒依舊不為所動。

「既然是那樣的話，那也沒辦法了呢。就以魯迪烏斯先生的提案進行吧。」

「可……可是，愛麗兒大人！」

愛麗兒無視路克慌張的聲音，語氣平淡地繼續說下去：

「路克，請你負責通知埃爾莫亞和克麗妮，並且協助她們兩人做好旅行的準備。希露菲，妳和我一起去拜訪拉諾亞王國的各方人士。魯迪烏斯先生就請自便吧。各位，請先和熟人做好離別的準備。」

「……是。」

路克靜靜點頭。

儘管留下了些許不安，大家依然就地解散。

第九話「前往阿斯拉王國之前」

夏利亞郊外的小屋。

我前往那裡，和奧爾斯帝德進行第三次碰面。

「——如此這般，愛麗兒雖然成功說服佩爾基烏斯大人，但是卻發現通往阿斯拉王國的魔

法陣無法使用的這個事實。」

「這樣啊。」

我把近期發生的事情告訴他後，奧爾斯帝德露出賊笑。

這個笑容看起來心懷不軌……不對，其實他只是很普通在笑而已吧。

「嗯，幹得好。」

他以不懷好意的表情誇獎我。不對，這應該只是他平常的表情。

「但是，你最好還是別再前往圖書迷宮。那名魔王十分頑固。」

「嗚……是。」

關於這次的失態還是被他斥責了。

與其說是可怕的表情，感覺比較像是對我的行動傻眼。

那副表情就像是在說「是做了什麼才會搞成這樣」。

不過這也沒辦法啊。因為我沒想到路克會哭得那麼厲害。

「他會願意接受賠罪嗎？」

「沒用的。常識對魔王不管用。」

我們曾稍微交談過，感覺他出乎意料地好溝通，但還是不行啊。

算了，畢竟我們實在鬧過頭了。

何況逃走的時候也打壞了幾個書架。

還是別再去想圖書迷宮吧。雖然我想至少該道個歉，但還是別再去好了。不讓他再看到我，說不定就是最好的賠罪。

不對，如果是那個魔王，反而會比較在意我是否有好好寫日記。

每天……或許沒辦法，今後就盡可能地好好寫日記吧。

總之，這件事就算了吧。

「關於轉移魔法陣這件事，您有什麼看法？」

魔法陣那件事讓我一瞬間遭到眾人懷疑，不過馬上就證明了清白。

可是，恐怕還是因此讓他們產生了疑慮，認為我有所隱瞞。

「想必是人神幹的好事。看樣子，那傢伙這次在第一步棋就失敗了。」

奧爾斯帝德似乎已經在心裡釐出結論。

他看起來心情很好。唸唸有詞地說著「這樣一來就只剩一個人了」。真希望他能告訴我「一個人」指的是到底什麼意思。

「方便的話，是否能請您告訴我人神犯了什麼錯誤？」

「唔，說得也是。」

奧爾斯帝德在椅子上重新坐好，狠狠地盯著我。

他的眼神太過強烈。感覺只要稍稍出力，眼睛就會嗶的一聲射出光束。

「佩爾基烏斯已經確認過轉移魔法陣無法使用了吧？」

「是，老大。」

「老大……總之，存在於阿斯拉王國的轉移魔法陣並不多。幾乎都是留著在有個萬一的時候給王族、貴族用來逃脫。而其中有幾個失去效力的，就是被佩爾基烏斯納為己用。」

哦哦，是給王族逃命用的啊。

「換句話說，就是這麼一回事。」

原來如此，是這麼一回事啊……有說跟沒說一樣啊！

「請問到底是怎麼一回事？麻煩您再說得詳細一點！詳細希望！」

我誠惶誠恐地低頭請求之後，奧爾斯帝德擺出了恐怖的表情。

不對，並不可怕。是他平常的表情。

「……也就是說，轉移魔法陣所在的場所，是禁止一般市民進入的領域。而且大部分的地點應該都派有衛兵看守。因此能進入現場停止魔法陣繼續運作的，也就只有擁有一定權力的王族，再不然就是上級貴族。」

「哦哦，原來如此。所以呢？」

「……自己動點腦子思考吧。」

「是。」

擁有一定權力的王族，再不然就是上級貴族。

這樣的人突然將堪稱自己救命稻草的轉移魔法陣停止運作。

而且就連可能被佩爾基烏斯納為己用，那些停止運作中的魔法陣也一併破壞。

既然這樣的話，這件事極有可能是出自人神的指示。畢竟一般人沒有理由破壞停止運作中的魔法陣。

換句話說，成為人神使徒的是王族，或者是能向王族進言的人物。

在這樣的人物之中，可能性最高的人是……

「人神的使徒是第一王子格拉維爾，不然就是大流士上級大臣……」

「沒錯。再加上對方能把範圍不小的阿斯拉王國境內所有魔法陣同時停止運作，因此毫無疑問的，是把龐大的私兵分散到各處的大流士上級大臣所為。」

哦哦，原來如此。雖然我不知道他還在各處包養了一大票私兵，原來如此！

「也就是說，人神的使徒可以確定就是大流士上級大臣嘍？」

「嗯，雖然第一王子也有嫌疑……但無論是誰都無所謂。反正到頭來都是必須殺死的對象。」

第一王子對愛麗兒來說是敵人，自然該殺。

雖然我對殺了王子這種事還抱有疑問……但也無關緊要。

反正到了迫不得已的時候還是得動手。

「這樣一來，就只剩一個人了。」

「只剩一個人嗎……也就是說，您已經確定路克也是了嗎？」

「肯定沒錯。」

「有可能是愛麗兒嗎？」

「不可能。」

別說這種冷笑話了。（註：日文的愛麗兒（アリエル）和不可能（ありえん）發音接近）

「根據是什麼？」

「有些人是人神無法操控的。」

「那您又是如何判斷……那個，愛麗兒是您說的那種，無法操控的人呢？」

「……靠我長年培養的直覺。」

居然是直覺啊～……不過，他應該是有自己的考量才得出這結論，說不定是有一種可以確信但卻不便公開的根據。現在就先不追問他的理由吧。我該問的是其他事情。

「要是您的直覺出錯，發現愛麗兒其實是使徒的話，您打算怎麼辦？」

「到時候，我會負起責任收拾她。」

要殺了她嗎？這幾週下來我好不容易才跟她打好關係，甚至還看到她更衣的場景，這樣會很難受啊……

不管怎麼樣，既然他都說到這個份上，那就先排除愛麗兒是使徒的這個可能性吧。

唔～這樣一來，是不是把奧爾斯帝德的情報告訴愛麗兒比較好？

反正奧爾斯帝德的詛咒對愛麗兒似乎沒有太大作用，既然她不是人神的使徒，那是不是把一切全盤托出，請求她的協助，並提醒她要提防路克比較好……？

……不，還是算了吧。

希露菲跟她一樣，她們兩人都信任著路克，認為路克不可能會將自己導向破滅。路克應該也是為了愛麗兒著想而行動。

現在就算搬出人神的話題，也只是自找麻煩。

畢竟路克本身並沒有成為愛麗兒的敵人。

被人神操控就是這麼一回事。自己認為有好處而做的事情，自以為是當下最恰當的安排而做的事情，往往都是最糟糕的選擇。

目前看來，奧爾斯帝德認為路克是充當聯絡的角色。

路克的工作是向人神回報我的動向，並不會直接加害愛麗兒。

然而要是到了緊要關頭，他很可能會受到人神的建議左右，進而做出乍看之下對愛麗兒有利，但其實是把她導向破滅的舉動。實在很棘手。

可以理解奧爾斯帝德為何會想要馬上殺了他。

「……奧爾斯帝德大人。」

「怎麼了？」

「關於和人神之間的戰鬥，我想要先向您確認一下自己心裡面的認知是否有誤，可以請您指點一下嗎？」

「……？好吧。」

我要講的，是人神和奧爾斯帝德之間這場戰鬥的概要。

首先，人神擁有未來視能力。預知範圍很廣，正在看著精密的未來。

而且，他還擁有藉由操控某人來使未來產生變化的能力。

然而，他卻無法看見和奧爾斯帝德有關的未來。因為龍神的祕術比人神的未來視更為強力。一旦牽連到奧爾斯帝德，人神就會看到錯誤的未來。

當他發現未來之中有些矛盾，或者是未來發生了明確變化的時候，人神就會察覺到是奧爾斯帝德在從中作梗。

但是，他無法看到奧爾斯帝德是透過什麼方式改變那個未來，只能單純進行預測。所以只要不讓人神看出奧爾斯帝德的目的，領悟他心中有什麼盤算，人神就無法確實採取行動，將未來誘導為如自己所願的發展。

至今以來多虧了被人厭惡的詛咒，奧爾斯帝德鮮少讓人神識破自己的盤算，所以能自由行動。然而，他同樣因為詛咒的影響，導致能做的事情非常有限，無法有太多作為。

但是卻因為我在此時加入，增加了他能干涉的範圍。

現在的我對人神而言，就如同是一只隱形的棋子。然而，我這只棋子要是太出風頭，就會被他識破奧爾斯帝德的意圖。

因此，我必須謹慎行動。

為的就是不把情報洩漏給路克——也就是充當人神眼線的人。然後，對於信任著路克，被他一問就會據實回答的愛麗兒和希露菲，也同樣不能給她們情報。

因為人言難防，我必須盡可能地不告訴任何人。

必須盡可能隱瞞奧爾斯帝德的目的以及動向。

儘管很有可能會讓我像這次一樣遭到懷疑，但這是為了通往勝利的必經之路。

不讓人神知曉我們的意圖，打倒人神的使徒並達成目的。

我在死前都要把這樣的工作堅持下去，這樣一來就能讓奧爾斯帝德在百年後拿下勝利。

「……這是我的認知，應該沒問題吧？」

「嗯，沒錯。」

奧爾斯帝德重重點頭。

那麼，我至今為止的行動應該沒錯……才對。

儘管佩爾基烏斯說我太溫吞了，總之眼下就朝著目標邁進吧。

總之，路克和大流士這兩個人很有可能是人神使徒。

「最後的一個人會是誰呢？」

「不曉得。但是，從人神至今為止的行動模式推測，很有可能是擅長武術或是魔術的人物。」

「擅長武術或是魔術……」

呃，記得他說過不可能是我的家人。

那就不會是艾莉絲和希露菲。

話說起來，日記上有提過北帝和水神在阿斯拉王國。而且愛麗兒也說第一王子已經把北帝迎為旗下的劍客。

「有可能是北帝或是水神嗎？」

「奧貝爾和列妲啊……可能性的確很高。你去阿斯拉王國時也得好好提防他們。」

「奧爾斯帝德大人不和我們同行嗎？」

「我當然會在你後面再過去，但應該不會跟你們一起行動。」

跟在後面……聽起來感覺好像是真的在背後操控啊。

算了，只要想到以後有事就能找他商量，這也不壞。

「我明白了。那麼……路克、大流士、奧貝爾還有列妲。只要注意這四個人就行了吧？」

「沒錯。大流士、奧貝爾還有列妲這幾個殺了也無妨。至於路克……就見機行事吧。如果有必要的話，就殺了他。」

「您的意思是殺或不殺要由我來判斷嗎？」

「嗯，交給你判斷。」

這個人是真心認為我能做出那種判斷嗎？恐怕他是真的那麼想吧。

因為和奧爾斯帝德交手那次，我的確是很認真想殺掉他……

「那麼，我在出發之前該做什麼呢？」

「做好準備。」

準備啊。說是準備，但應該要做什麼才好？

「請問要準備什麼才好？」

「首先是你的裝備。你在阿斯拉王國恐怕會與人神的使徒戰鬥。以你的實力光靠肉身也足以應付，但最好還是穿個防具。」

奧爾斯帝德這樣說完，把視線轉向小屋外面。

在那裡的是被分成零件四散在地面的魔導鎧。

現在札諾巴正在幫忙修理，不過因為鎮上沒有地方放，所以還擺在這裡。

「儘管那遠遠比不上鬥神鎧，但確實是很出色的鎧甲。要做出那種水準的道具，想必花了你不少苦心吧。」

「是……那個，因為人神給了我不少建議。」

「是嗎……那傢伙也是自掘墳墓啊。那麼，銘叫作什麼？」

「銘是指？」

「那套鎧甲的名字。」

「叫魔導鎧。」

「是嗎……真無趣的名字。要我幫你取個新名字嗎？我想想……」

「不，心領了。」

奧爾斯帝德瞇起眼睛笑了。這個人連笑都可以這麼詭異。

先不管名字了，想不到魔導鎧的性能可以得到聞名天下的龍神奧爾斯帝德讚賞，不知道札諾巴和克里夫聽到的話會怎麼想。

「如果你今後也打算使用那個的話，最好還是稍微改良一下。照現在這樣，只要啟動一次就會耗盡你所有魔力。」

「話是這麼說，但如果要進行小型化，短短兩個星期應該來不及。」

「那麼，這次就先暫緩吧……」

奧爾斯帝德這樣說完，用手托住下巴點了點頭。

他該不會願意幫忙製作吧？我的鎧甲要附上龍神會的徽章了嗎？

「不過，沒辦法纏繞鬥氣實在麻煩。總之，我先準備幾項你能使用的魔力附加品吧。」

「啊，是。感謝您。」

最棒的環境、最棒的薪水、最棒的裝備。難道奧爾斯帝德打算幫我打理好一切嗎？

況且他也馬上幫我準備了長袍。

和人神那種放任又黑心的感覺完全不同。

「話說起來，我最近經常聽到鬥神鎧這個名字，請問那是什麼？」

「是魔龍王拉普拉斯的最高傑作，同時也是最糟的失敗作。」

既然是拉普拉斯的最高傑作，表示做的人是拉普拉斯嘍？

「鎧甲的表面會透過釋放出來的魔力散發出金黃色的光芒，賦予裝備者最強的力量。然而那股過於強大的魔力卻擁有自我，會奪取穿上鎧甲的人的意識，讓穿戴者投身戰場直到死亡為止，是套受到詛咒的鎧甲。」

居然是受詛咒的鎧甲……啊，龍族是不是很擅長製造那種東西啊？

感覺拉普拉斯老是在做一些被詛咒的道具。像是斯佩路德族的槍還是鎧甲什麼的……盡是做一些不像樣的東西。

「只不過，現在那套鎧甲已經沉在林古斯海的中心，在海底沉眠。」

奧爾斯帝德真是博學多聞。

實在很值得信賴。

但是我不能老是依靠他，我也必須找到憑自己就能辦到的事情。

話雖如此，也只剩十四五天了啊。這麼短的時間內能做的事情實在有限。

不能因為有奧爾斯帝德在背後撐腰就得意忘形。該說他的思考接近享樂主義嗎？他總是會認為這次不行還有下次。說不定他看了我的日記之後，已經對如何開發返回過去的魔術有了眉目。

搞不好他自己本身也經歷過時間旅行……對了，仔細想想，每次用到「下次」這個字眼的時候，感覺奧爾斯帝德臉上總是會掛上寫著「糟糕」的表情。說不定不只是一次兩次，他有可

能已經重複過好幾次時間旅行。

但是他為何要隱瞞這件事？算了，既然他不願坦白，代表就算問了他也不會回答吧。

假設奧爾斯帝德還有下次好了，但我可沒有下次。

畢竟人生只有一次啊……呃，雖然這句話由我來說是沒有說服力啦……但是……聽了來自未來的我所說的話，見證了他的死去，看了那本日記。讓我切身感受到他那充滿悔恨的人生。

我實在沒辦法讓自己有「重來就好」的那種心態。

……不如說，一旦湧起那種想法，感覺就是背叛了至今為止的自己。

所以，我想要竭盡全力去好好努力。

不過，具體上該做什麼才好？

強化身體，鍛鍊魔術。這兩件事當然勢在必行……可是，事到如今就算增加練習量也不可能讓我突飛猛進。要是有什麼驚人的計策是會想要採用，但不僅沒有，就算有，短短兩週的訓練也不過是臨陣磨槍。所以像往常一樣，按部就班地訓練才是最重要的。持續就是力量。

只不過除了基礎訓練以外，我也想另外找個機會進行模擬戰。

一直以來，我都覺得自己有某些部分不足。儘管訓練和練習很重要，但為了能在戰鬥中有效率地使出練習過的技術，果然還是得透過模擬戰演練。就像是拳擊賽前會打的練習賽。以格鬥遊戲來說就是非官方比賽。像這類過程雖然只是模擬，但卻會成為實戰經驗。

對手就找艾莉絲吧。

艾莉絲是劍王。在接近戰這方面遠遠比我強上許多，很適合當我的對手。真要說的話，反而是我不夠資格當艾莉絲的對手。

所以我採取的戰法應該要多用像泥沼和濃霧(Deep Mist)這種牽制手段，努力讓艾莉絲增加經驗。畢竟她好像不太擅長應付這種套路。

關於裝備方面，就麻煩札諾巴和克里夫幫我修復魔導鎧並進行改良。目標是小型化與效率化，以性能而言應該會下降。不過這方面僅花兩週該沒辦法完成，就稍微把眼光放遠一點來看吧。反正奧爾斯帝德好像也願意提供技術支援，在幾年以內應該會有辦法解決。

奧爾斯帝德也會配合我的需要支付……應該說借貸裝備。

所以，關於裝備方面暫時沒有問題。

那麼，主要就是繼續鍛鍊和強化裝備，其他事情就當作順便。

要在短期間之內把能做的事情做好，最重要的就是計畫。所以，我要來制定這兩週的行程表。

首先，要向家人報告我得長期出差。雖然我很怕會撞上洛琪希生產的時間，但這件事還是得向她坦白。

然後要和聯絡克里夫。除了要請他強化魔導鎧之外，另外還想再拜託他一件事。主要是要針對奧爾斯帝德身上的詛咒進行實驗。

……話說回來，奧爾斯帝德知道塞妮絲的狀況嗎？

「話說起來，奧爾斯帝德大人。」

「怎麼了？」

我說明了塞妮絲的狀況，然後也提及之前在圖書迷宮發現了會治療詛咒的神子資料。

「雖說那位神子好像已經不在了……請問您知道有別於那種方式的治療方法嗎？」

「……」

奧爾斯帝德沉思了一會兒。然後，像是要安慰我似的緩緩說道：

「只要使用『無力之神子』的能力，的確有可能恢復原狀。但是神子的力量無可比擬。就算試圖讓事物勉強恢復原狀，我想反而會遠遠偏離原本的狀態。」

意思是有可能會更加惡化。

算了，塞妮絲在那個狀況下還能生還已經是賺到了。要是隨便出手反而很有可能惡化的話，還是先靜觀其變才是明智之舉。畢竟就目前看來也不像會有性命危險。

果然還是只能耐心地等下去了嗎？

「總之我明白了。我會思考前往阿斯拉王國後該怎麼做，並開始做好準備。」

好！既然也確認了目前的狀況，就加油吧。

★ ★ ★

隔天。

我按照預定舉辦了家庭會議。

感覺最近老是在做這件事。

總之，這次的議題是關於前往阿斯拉王國一事。

期間是三到四個月左右。是因為希露菲工作的關係，要去幫忙愛麗兒。

聽到我這樣宣布，家人並沒有太大反應。

「這樣啊，要加油喔。啊，哥哥，可以先幫我把庭院要用的泥土做好嗎？」

愛夏如是說。比起我她更擔心泥土。

「愛麗兒大人要退學了啊……到時會舉辦送別會之類的嗎……？」

諾倫也自顧自地在意起學校方面的事情。

奇怪。我記得之前的氣氛明明……感覺更加陰鬱才對。

真想再來一次當時那種多愁善感的道別，這次我要抱緊一臉快哭出來的愛夏和諾倫，說一句「I'll be back」。

「那個，愛夏，該怎麼說呢，搞不好我這次沒辦法回來耶……」

「咦？哥哥每次每次都說什麼『沒辦法回來……』，但結果都若無其事回來了嘛。」

我明明每次都遇上九死一生的險境，想不到在妹妹眼裡看起來是這種感覺。

還是說她們是為了讓我能夠安心出發，體貼我才故意這麼說的？

不管怎麼樣，只要我能加油，讓愛夏和諾倫安心地生活就行了。

「而且每次都會帶新的女人回來。」

「對呀～所以擔心也是白搭嘛～不過這次希露菲姊和艾莉絲姊也會一起跟去，可以放心了呢。」

就如她所說的，「艾莉絲姊」也會一起去。當艾莉絲一耳聞這件事後，她就馬上衝回自己房間開始準備行囊。當我宣布要去阿斯拉王國之後，她馬上就說「是嗎，那我也要去」。絲毫沒有任何猶豫。

「對了諾倫姊，妳覺得這次會是什麼樣的人？」

「不曉得，但對象應該是愛麗兒大人的其中一名隨從吧？會是埃爾莫亞學姊呢？還是克麗妮學姊呢……」

妹妹們從剛才開始就在說些毀謗我的話……不會再增加了啦。何況我幾乎沒和埃爾莫亞小姐和克麗妮小姐說過話。

雖說我想這樣大聲捍衛自己的名聲，但其實我也不相信自己的下半身。

……不過，我想這次不會再那樣了。畢竟希露菲和艾莉絲也會一起行動。

沒錯。以前就是只有我一個人，所以才會搞砸。因為是一個人，所以被打得落花流水。因為是一個人，才會被捲入情欲的洪流之中。為了不被這股洪流捲入，提防是必要的。只要拜託希露菲水壩和艾莉絲水壩就行了。這樣一來，就算是突如其來的洪水也有辦法應對。

「助您戰無不克。」

莉莉雅和母親還是老樣子。

「莉莉雅小姐，那個，露西就麻煩妳了。」

「是，夫人。請儘管交給我。」

希露菲一臉過意不去地向莉莉雅低頭。

「那個，雖然把孩子丟下不管是很不妥的行為，但這次……」

「沒有問題。因為我們女僕就是為此而存在。」

最近，露西開始會說單字了。就是像「媽媽～」、「愛夏」、「雅雅」、「歐琪希」、「比比」、「次郎」等這種經常在家裡面聽到的簡單詞彙。

看到她努力發出聲音說話的模樣，甚至會讓人湧起一股感動。

她還沒有叫過「爸爸」。雖然她偶爾會叫「魯迪」，但卻沒叫過爸爸。

畢竟我最近也沒什麼機會和她相處，我的名字在家人之中一定會是最後一個被她牢牢記住的吧。

然而父母親卻要拋下這樣的小孩出門遠征。

我雖然也沒資格說這種話，但我們兩個對於為人父母的自覺都還遠遠不足。

這種自覺總有一天會開花結果嗎？不曉得。

露西很可愛，我認為她就像天使一樣。但光是這麼想應該不行吧……

「接下來有四個月都不在嗎？我會很寂寞。」

洛琪希是所有人裡面唯一為這件事感到落寞的人。

要拋下孩子和孕婦出差，我也確實為此感到歉疚。

「我也不清楚，但我希望能盡可能在孩子出生前回來。」

「慢慢來也不要緊啦。說是生小孩，但只要有莉莉雅小姐和愛夏在，也就沒有魯迪的事了……相對的，就麻煩你們帶伴手禮回來嘍。我想吃阿斯拉王國的那個……把水果烘乾浸在砂糖裡面，吃起來酸酸甜甜的點心。那很好吃喔。」

洛琪希一如往常，表情看來沒有任何起伏。

初次生小孩對她來說應該也會感到不安，但是她完全沒有表現出來。

「你的表情很不像樣喔，魯迪。雖然我不清楚你在擔心什麼，但是男人出外狩獵，女人在家照顧小孩。這可是米格路德族的常識。」

洛琪希挺著胸這樣回答。

她是可靠的女人。交給她處理應該不要緊，但我就這樣離開真的好嗎？

「不過，難得請了長假，我原本以為能暫時和魯迪在家悠哉度日，所以有點可惜呢。」

「嗯，就是啊。」

洛琪希在預產期之前的這段期間先請了假。

就這個國家的常識而言，一旦懷孕、生產、養育小孩，一般來說都會辭掉工作，但因為洛琪希想繼續職掌教鞭，所以她說服了吉納斯副校長，強行取得長假。

她說當時有動用到我的名字。雖說是先斬後奏，但如果搬出我的名號就能讓洛琪希達成心願，那要怎麼用都沒有關係。

我決定在接下來到出發之前的這段期間，要盡量增加和洛琪希相處的時間。

當晚，我聽到艾莉絲的房內傳出了有點火藥味的聲音。

是希露菲跟艾莉絲的聲音。

希露菲說著什麼，而艾莉絲是在回嘴。艾莉絲的「為什麼！」之類「憑什麼！」之類的聲音格外刺耳，但每當希露菲冷靜地訴說些什麼之後，艾莉絲的音量就越來越小，最後只聽到她低喃了一句「我知道了啦」。

然後，到了半夜，艾莉絲來到我的房間。

此時我正準備就寢，已經躺在被窩裡面。

「……」

她鼓著腮幫子，爬到了床上。

然後像是抱住抱枕那樣順勢抱住我。

艾莉絲胸口渾圓飽滿的那團肉往我身上頂了過來。

在夜晚的床上居然把這種東西頂到我身上，這可不是紳士的舉動喲。

不過基本上，我自己也是夜晚的紳士，所以並不會介意。

但是在做那種事情之前，姑且還是先問一下吧。

「……妳和希露菲吵架了？」

「才沒有。」

「是嗎？」

畢竟我也沒聽到互毆的聲音。

如果現在馬上下床去艾莉絲房間，是有可能發現希露菲不省人事倒在那裡，但現在就相信艾莉絲吧。

「希露菲要我從明天開始和她一起行動。要跟基列奴一起幫忙準備旅行。」

愛麗兒已經開始進行出發前的準備。

因為她要申請輟學回到城內，所以要在短時間整理行李想必會很辛苦。何況她好像還得到處去打聲招呼，所以要麻煩艾莉絲作為護衛一起幫忙。

「然後她說希望魯迪烏斯能用空出來的時間多陪陪洛琪希。」

「希露菲是這麼說的？」

「對啊。」

難怪。原來她是顧慮到洛琪希啊。只要減輕我的負擔，那我自然就有時間多陪陪洛琪希……雖說這也不一定啦。不過這表示希露菲也是處處為我設想。

不過話說回來，希露菲真厲害，居然沒有被艾莉絲打就成功說服她。

不對，艾莉絲也已經成長。她已經不是以前那種會不分青紅皂白就動手打人的女孩。

只要好好講道理，她也會願意理解。

「所以，她說今天可以輪到我。」

本來我這樣想，但看來希露菲是提出了交換條件。不過憑這點甜頭就能接受，艾莉絲也變圓滑了啊。我記得以前的她應該更加任性才對。

不再任性，收斂內心的暴戾之氣，握緊的拳頭已不會再痛毆他人。那個目中無人的大小姐已經死了。野猴子也死了。狼也死了。從前那個張牙舞爪的艾莉絲已經消逝而去……

不對，八成也只有這次吧。

但既然說是條件的話，正常來說應該要輪到希露菲才對。

她選擇退讓嗎……好吧，在旅行途中我就盡可能地對她溫柔點吧，就這麼辦。

我一邊這樣想著，同時用力回抱艾莉絲。

結果艾莉絲以驚人的速度動了起來，開始脫下我的衣服。

「如果在旅行途中才發現懷孕就糟了，所以今天還是稍微收斂一點……」

「到時候再說啦！」

那一天我依舊被徹底蹂躪了一番。

看來艾莉絲的字典裡面沒有家庭計畫這個詞彙。

隔天，克里夫正好來我家拜訪。

「我說，魯迪烏斯，你今晚有空的話要不要去外面吃個飯？」

他邀請我和他以及札諾巴三人共進晚餐。

或許這是第一次只有男人聚餐。因為平常多半還會有希露菲、艾莉娜麗潔以及其他閒雜人等一起跟來。

也就是說，我們這次說不定可以去稍微有點粉味的店家。

搞不好還可以暢談要是有女人在就難以啟齒的話題。

「好啊。」

不管怎麼樣，我二話不說馬上答應。

畢竟沒有拒絕的理由，而且我正好有事要拜託克里夫，簡直是天賜良機。

★ ★ ★

當太陽開始下山的時候。

我前往約定的地點，和克里夫&札諾巴會合。他們帶我去的店家，明顯比平常去的地方高級不少。

進入店裡的時候我稍微瞄了一眼確認店家的看板，店名好像叫「赤紅大鷺亭」。

在魔法三大國，名字有鷺的店家會提供料理，名字有隼的店家會提供酒，名字有蝙蝠的店家會有女孩子服侍，名字有馬的店家則是提供住宿，大致上會以這樣分類。

不過終究只是「大致上」而已，並不是絕對如此。

也有明明一開始是提供便宜酒類的店家，店長卻在不知不覺間精進了料理本領，結果變成以料理為主的店家。像這種情況也很常見。所以這只是基本上的判別方法。

而這間「赤紅大鷺亭」，是克里夫會選的那種高級店家。

客層也以下級貴族或是有錢的商人為主。

我們在店員的帶領下來到了外觀高級的包廂。

根據店員的解釋，這間似乎是這家店第三豪華的房間。他甚至還向我道歉，說如果事先知道是魯迪烏斯先生要光臨本店，就會準備更好的房間。其實也不用道歉啦。

是說，這裡是日式的傳統餐館啊。因為他說要去用餐，我原本以為是像平常開宴會那種風格的餐廳，看來就如他字面所述，我們確實是來「用餐」的。

我們各自在方桌的角落就座，看著彼此。

「好啦，魯迪烏斯。你知道今天為什麼要準備這個地點用餐嗎？」

克里夫以非常嚴肅的表情說道。總覺得他好像在生氣。

不過我確實有頭緒。

「今天是克里夫學長的——生日對吧？」

「我的生日已經過了。」

克里夫一臉無趣地這樣說道。我記得克里夫現在是二十歲吧？還是已經二十一歲了？因為他長得一副娃娃臉，看起來大約才十五歲左右，但在這邊的世界卻也算是個成熟的大人。有些人在這個年紀就算有兩三個孩子也很正常。

「我不是說那個。」

「是。」

我正襟危坐，看來是要說正經事。

「其實……」

克里夫要講的，應該是奧爾斯帝德那件事吧。在做歸還報告時，我告訴他們之後會再詳細說明，然後就一直沒有下文。就算他們失去耐心也沒什麼好奇怪。

「我和艾莉娜麗潔之間的小孩名字，如果是男孩的話我打算取名為克萊武，女孩子的話就取名為艾蕾雅克拉莉絲，你覺得如何？」

……名字？奇怪，今天的主題是這個？

是我會錯意了？

「換句話說，是男孩子的話就走米里斯風格，女孩子的話就以長耳族風格命名。魯迪烏斯，你覺得如何？」

「呃……克萊武感覺非常聰明，似乎會成為一個優秀的政治家，不過，給人的印象會有點難相處。我認為艾蕾雅克拉莉絲還不錯。唸起來不拗口，是很好聽的名字。不過，或許會被某個大竊賊偷走重要的東西……像是心之類。」（註：克萊武為英屬印度殖民地建立過程中的早期關鍵人物，有著許多著名事蹟；艾蕾雅克拉莉絲出自動畫《魯邦三世 卡里奧斯特羅城》，「偷走重要的東西」是錢形警部講的著名台詞）

我坦率講出自己的意見後，克里夫說了句「果然是這樣啊」之後便仰望天花板。

然後他把臉轉向我這邊認真說道：

「……這其實是開玩笑的。名字我已經決定好了。能聽到你的意見是不錯，但我今天不是來說這個。」

噢，是開玩笑啊，不過也太難懂了吧。既然是玩笑那就笑開心點嘛。

從剛才開始就沒有任何人笑耶。

「我想你自己也知道吧，魯迪烏斯。就是關於你最近的行動。」

克里夫指著我這樣說，札諾巴也在一旁點頭。感覺他看起來也有點生氣。

「師傅。無論師傅打算做什麼，本王子都打算跟隨您的腳步。但是，最近的師傅是不是太過於信奉祕密主義了？」

「是這樣嗎？」

「你突然要我們製作那麼驚人的鎧甲，做到一半還提出了一些莫名詳細的技術，更重要的是你居然把要戰鬥的對象保密到最後一刻，那個人還是那個七大……」

札諾巴話說到一半，包廂的門忽然被打開，害他身子一震。

但進來的是店員，只是來送飲料而已。

札諾巴一語不發，等店員在桌子上擺好飲料，當他離開之後，札諾巴才繼續開口。所以他們是為了講祕密才選擇包廂啊……但從剛才的態度來看，他明顯在懼怕奧爾斯帝德。

「對手居然是那個七大列強的龍神奧爾斯帝德。而且因為師傅使出全力戰鬥，害得一座森林都被消滅了不是嗎！」

「不，還在啊，大概一半左右。」

「最後甚至還成為了他的屬下……」

「因為我也只能那麼做。」

「面對穿上那套鎧甲認真戰鬥的師傅，他還能不下殺手只讓你失去抵抗能力，根本就是個怪物。」

嗯，奧爾斯帝德的確算稱得上是怪物。

他可以無效化遠距離使出的魔術，接近戰我更是對他束手無策。

儘管我不認為自己很強，但原本也以為自己會有勝算。

「因為師傅後來並沒有露出悲壯的表情，本王子還以為他或許是個好人……但是那傢伙……」

札諾巴抖個不停，緩緩低頭。

然後突然把頭抬起來大吼：

「那傢伙……根本就是惡魔！前幾天本王子只是親眼見到他，就很肯定那傢伙是敵人！」

這麼說來，札諾巴上週才和奧爾斯帝德交手，然後被他催眠了來著？

所以他是因為當時和奧爾斯帝德相遇才受到詛咒影響……

嗯？可是，他以前並不認為奧爾斯帝德是個壞傢伙吧？這表示詛咒在實際見面之前不會發動嗎？仔細想想，愛夏和諾倫感覺也對奧爾斯帝德沒有壞印象。

所以如果只是間接接觸過奧爾斯帝德，那詛咒就不會起任何作用嗎？

「居然會為了那種人賣命，師傅您肯定是瘋了……」

札諾巴像是百思不解般地搖搖頭。

居然會被只見一面的對象批評成這樣，詛咒的效果實在驚人。

「我不知道，因為我沒有實際看過奧爾斯帝德。」

此時，克里夫像是要附和般開口說道：

「可是，無論是札諾巴、希露菲還是洛琪希，所有人都認為奧爾斯帝德很危險。既然他們的意見一致，應該就表示他是個壞人吧。」

沒想到那個不聽別人講話的克里夫居然會說出這種話。

不過這樣相較之下，看起來克里夫果然沒有受到詛咒的效果影響。

「居然成為那種傢伙的屬下，實在不像聰明的魯迪烏斯會採取的行動。」

我其實也沒有特別聰明。

不過這下麻煩了。要是每個人都反對我為奧爾斯帝德效力，那今後的行動就會更加困難。

「不過……我一聽說你要修理那套魔導鎧就馬上懂了。」

克里夫以確信的口吻這樣說，以挑釁的眼神看著我。

「你打算再一次挑戰龍神奧爾斯帝德，對吧？」

「……？」

「先假裝為他效力，再找到機會打倒他。這就是你的作戰計畫吧？」

「不，我和奧爾斯帝德──」

「你不用坦白。」

克里夫向我伸出手掌。

「你希望我們想辦法壓低魔力的消耗量……意思就是要讓我們也可以使用那套鎧甲對吧？換句話說，你打算在將來拜託我們和你一起戰鬥……」

克里夫以得意的表情露出賊笑。

「我有說錯嗎？」

大錯特錯啦。

雖然我想這麼說，但總覺得讓他誤解好像也沒差。

不如就像這樣，嘴上說什麼「總有一天一起戰鬥吧～」、「這是為了到時做準備～」，日後他們就會慢慢了解奧爾斯帝德其實並不是壞人。

「……克里夫學長。」

但是，有人如此設身處地為自己著想，而我卻為了圖自己方便而撒謊，這並不是件好事。雖說他可能不會相信，但至少該對他說一次真相。

「怎麼了？」

「其實奧爾斯帝德被施加詛咒，所以才會遭到大家討厭，我這樣說的話你會相信嗎？」

「咦？是這樣嗎？」

「我被某個邪惡的神欺騙，害得我必須和那樣的奧爾斯帝德戰鬥，我這樣說的話你會相信嗎？」

「邪惡的神？你是指那個用內褲還有沾血的布供奉的神？」

「我宰了你喔！」

「啊，呃？抱……抱歉。不是那個啊，嗯，我知道了。繼續說吧。」

不好，一個不小心就真情流露了。

但是，貶低他人的信仰可不行喔。洛琪希是善良的神。總之先不提這個。

「我遇見奧爾斯帝德之後，發現那個詛咒不知為何只對我無效，後來我們透過對話完成和

解。他願意原諒我的所作所為，但相對的，我要和奧爾斯帝德一起和那個邪惡的神戰鬥。我這樣說的話你會相信嗎？」

「唔……」

「本王子可不相信。」

札諾巴彷彿「鏘」的閃了一下眼鏡，如此斷言。

「本王子實在不認為奧爾斯帝德那個男人會主動提出要和某人共同戰鬥。」

「嗯～就連札諾巴都這麼說啊……」

由於札諾巴堅持己見，害克里夫也混亂了，他雙手抱胸在煩惱。

「請你反過來想想。這可是那個札諾巴，只對人偶感興趣的札諾巴居然會如此糾結於某人。你不覺得這很不對勁嗎？這就是詛咒的效果喔。」

「啊！聽你這麼一說……啊，可是只要關係到你的事情，札諾巴就會認真思考，如果對方太可疑的話，他當然也會擔心啊。」

是這樣嗎？原來他這麼擔心我啊？

雖然很感激……但就這次而言，我實在沒辦法坦率覺得開心。

的確，奧爾斯帝德也還有事情瞞著我，或許不應該完全相信他。但即使如此，我也不希望自己像個蝙蝠一樣，在奧爾斯帝德和人神之間搖擺不定，犯下被兩邊視為敵人的愚蠢行為。

（註：出自《伊索寓言》，比喻蝙蝠會看情況來宣稱自己是鳥類或是哺乳類，見風轉舵）

……沒辦法，現在就選擇撒謊吧。

「好吧……那麼就採用克里夫學長的說法吧。」

「我的說法？這是什麼意思？」

我咳了一聲清清嗓後說道：

「克里夫學長說得沒錯。我總有一天會打倒奧爾斯帝德。只是目前時機尚未成熟。所以現在才會忍氣吞聲，對他言聽計從。」

「咦？這樣好嗎？那你剛才主張的那些呢？」

「剛才說的，只是我一廂情願的願望。」

如果克里夫實際見到奧爾斯帝德，想必也會變得和札諾巴一樣。

那麼就先當作是這麼一回事吧。

「為了這個目的，請克里夫學長和札諾巴今後也繼續協助我。」

「包在本王子身上，師傅。在下次戰鬥之前，本王子會製作一套連茱麗都能裝備的鎧甲給您看。」

「嗯，拜託你啦。」

雖然我不至於讓茱麗踏上戰場，但讓他能有這樣的氣概也是好事。

「還有，我有其他事情想拜託克里夫學長。」

「是什麼？」

接著該講今天原本就打算拜託他的事情。

不過應該要稍微換個講法比較好吧？呃，該怎麼講呢……

「其實，奧爾斯帝德受到某種結界保護。」

「結界？是結界魔術嗎？」

「不，是類似詛咒那種。」

聽到詛咒這個單字，克里夫皺起眉頭。

「那種詛咒會讓看到奧爾斯帝德的人身體極度不適，從而無法發揮原本的實力。」

「是這樣嗎？」

「是的。我也是因為這樣才打輸。札諾巴也是吧？」

「本王子感覺自己根本還沒搞清楚狀況就被打倒，但聽師傅這樣一提，當時的確有種身體無法動彈的感覺。」

我想那肯定是誤會，但我就不多嘴了。

「原來如此，那詛咒很難對付啊……」

「是的，那真的非常棘手。所以，我希望克里夫學長設法應對奧爾斯帝德的詛咒。」

「但我的研究是專門針對艾莉娜麗潔用的。對奧爾斯帝德是不是管用就……」

「嗯，如果不管用也沒關係，到時再找其他方法吧。反正艾莉娜麗潔小姐也正好有孕在身，沒辦法進行研究。所以請你在這段期間嘗試看看有沒有辦法削弱詛咒的效果。」

克里夫正逐漸成為詛咒方面的專家。

雖說還不夠完美，但他也成功減輕了艾莉娜麗潔的詛咒。

只要交給他研究如何抑止奧爾斯帝德的詛咒，說不定有辦法中和恐怖的詛咒……這是我的計畫。

「可是，奧爾斯帝德會同意這個研究嗎？你要怎麼瞞過他？」

「因為奧爾斯帝德是個猶如嗜血之狼一樣的男人。所以，他其實也有點痛恨這個詛咒。」

「真的嗎？但是多虧有那個詛咒，不是讓他在戰鬥時更有利嗎？」

「他曾說過，就算一次也好，希望對手不會因為詛咒而被壓抑住力量，能使出全力和他戰鬥。」

這是天大的謊言。

不過，到時候我得先拜託他在克里夫面前這樣講才行。

理由事後再掰，總之先講先贏啦。

「真的嗎……？」

「嗯，是真的。所以克里夫學長，請你不有任何後顧之憂，盡情研究奧爾斯帝德吧。」

「嗯……我明白了。雖然我很不喜歡這種騙人的勾當，但既然你都這麼說了，我就試試看吧！」

太好了！克里夫學長好帥！艾莉娜麗潔小姐，快點來抱抱他！

好，就照這個方向說服希露菲他們吧。沒問題，反正詛咒消失就能讓一切問題獲得解決。

不過，唉……總覺得罪惡感好重……

我為什麼老是在撒這種謊啊？

我的意思並不是指說謊是件壞事。畢竟在某些情況下，說謊反而更好。

但是克里夫、札諾巴、希露菲、洛琪希還有艾莉絲，大家都很認真地在擔心我。

說謊欺騙他們，會讓我有種背叛了他們的心情。

如果有一天，奧爾斯帝德的詛咒成功解除，能夠把這個謊言當作笑話一笑置之嗎？

「總之就是這麼一回事。札諾巴、克里夫學長……拜託你們了。」

「嗯。既然師傅有自己明確的想法，本王子就安心了。」

「我明白了，這是重要任務吧。包在我身上。」

當兩人點頭答應的時候，料理也上桌了。

豪華的料理排滿了桌子，服務生分配好酒杯，讓我們可以準備開始這場宴會。

我舉起裝滿酒的杯子。

「好。重要的事情已經談完了！我們來乾杯，大吃一頓！」

「說得沒錯。」

札諾巴舉起杯子。

「我們要敬什麼？」

克里夫也拿起杯子，同時提出疑問。

「反正今天沒有女人，不如，就敬我們男人之間的友情……如何？」

是不是太肉麻了？

不過我很清楚。不論是克里夫還是札諾巴，他們兩個就算在緊要關頭也絕對不會背叛我。在那本日記上寫著，克里夫即使和自己的國家為敵，也願意出手幫我。就算我變成了人渣，札諾巴始終不離不棄地陪在我身邊。

他們是我無可取代的朋友。

雖說這次對他們撒了謊，但我願意作為他們的同伴而活，直到生命終結。

一產生這種想法，淚水好像就幾乎奪眶而出。

就算肉麻也沒關係。以體感年齡來說，我就算散發出中年體臭也很正常。

就以適合我年齡的方式去做吧。

「那麼，敬我們的友情。」

「敬友情。」

「乾杯！」

酒杯用力撞在一起，稍稍灑出了一些酒。

「不過，男人之間的友情啊……像這種時候應該要聊什麼？」

「要聊色色的話題嗎？」

「色色的……啊，話說回來，魯迪烏斯！你好像又娶了新的妻子回來了對吧？」

「嗯，她叫艾莉絲，姑且算是我的青梅竹馬。」

「是艾莉絲大人啊，真令人懷念。那個曾被稱為狂犬的女性現在過得怎麼樣……下次本王子去向她問候一聲吧。」

札諾巴懷念地瞇起眼睛。

在西隆王國時，札諾巴和艾莉絲之間並沒有太多交談，就算這樣他還是記得啊。也對，畢竟艾莉絲的存在強烈到讓人難以忘懷嘛。

「咦？話說起來，克里夫學長，我記得你認識艾莉絲對吧？你們以前曾見過面嗎？」

「唔，只是以前稍微有過一面之緣。我現在對她沒有絲毫留戀。」

這樣啊，有過一面之緣……說不定艾莉絲已經把克里夫給忘了。

沒辦法，畢竟是艾莉絲嘛。

「不提那些了，現在是在講你啊，魯迪烏斯。我以前就說過，女性並不是收藏品。像你這樣被好幾個女性隨侍——」

後來，克里夫學長持續說教了一段時間。

當三人都醉得差不多的時候，札諾巴開起了黃腔。

只不過那是在聊札諾巴以前的結婚對象，但是講著講著突然就變成恐怖故事，到最後是對

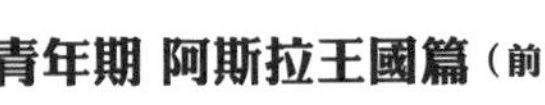

女人為何不懂人偶的連篇抱怨。

再來是我和克里夫開起話題。我們兩個談論艾莉絲和艾莉娜麗潔在床上是多麼像個野獸，對此聊得很投機。只是我們聊天的時候札諾巴在旁顯得一臉無趣，所以後來話題就轉到魔導鎧上了。

當我談到穿上魔導鎧大戰奧爾斯帝德的那段經歷，兩人興奮得雙眼發光。

像這種巨大機器人VS大怪獸的戰鬥果然讓人覺得有趣。

後來聊到了他幫我恢復手臂這件事後，話題就換了個方向，開始聊起我失去札里夫義手之後的生活，現在雖然可以盡情地揉妻子的胸部，但相對的基本力氣下滑為一般水準，沒辦法做以前在義手輔助下才能做的粗活。

「嗯，師傅，既然如此，那本王子有個好主意。」

提案的人是札諾巴。

說不定……不對，他肯定已經喝醉了，但總之他這麼說：

「本王子平時就有在使用那隻義手。只要像這樣，握拳之後再往裡面伸進去，就算有手也能夠啟動。不過這樣一來，會有種手臂莫名變長的感覺，因此不太好用。若是能稍微再短一點……對了，比方說像護手那樣。」

「噢。」

「既然師傅的手已經恢復原狀，機會難得，不如將義手重新做成護手形狀吧！」

「好，來做吧！」

突然起身大叫的人是克里夫。

「現在就來做！」

克里夫大吼一聲，把我和札諾巴拉了起來。

「唔？現在嗎？」

「沒錯，反正馬上就打烊了！去我房間繼續喝，順便做新的義手！」

「不錯喔！走吧！」

我很有精神地同意，站起身子。

「哈哈哈，真拿你們沒辦法！」

我們離開快要打烊的店家，在路上買了不少酒，然後一窩蜂地衝進克里夫的房間。雖然沒看到應該待在家裡的艾莉娜麗潔，不過她留了一張紙條，上面寫著「我去格雷拉特家一趟」，所以不用擔心。

我們把酒拿到克里夫用來做研究的房間，接著一手拿著酒瓶，七嘴八舌地談天說地，同時開始做新的義手。

「所～以～說～做得那麼薄怎麼可能維持強度啦！啊～啊！你看，壞了吧！我就說了嘛！應該要做得更厚重一點！」

「不，師傅的土魔術絕對可以！師傅的土魔術一定行！」

「好～那就讓你們見識一下我魔術的真髓！唔喔喔喔喔！」

「喂，和剛才根本沒變啊！」

「呵呵，外表是這樣沒錯。但強度可是截然不同啊，試試看吧！」

「……壞了耶。」

「奇怪～？」

「那麼，本王子來重畫一份設計圖，重點是能讓指尖放進裡面就好，所以把手掌這邊像這樣……」

「啊，札諾巴，等一下。」

「沒關係沒關係，師傅，總是會有這種時候。」

「再給我……再給我一次機會！」

「哈哈哈，只能再一次喔～」

製作義手非常困難。

雖然有部分也和我們三人都已經喝得爛醉有關。在場沒人能做出正常判斷，行動變得非常大膽，然而工作本身卻執行得相當精確……我是這麼認為。

不管怎麼樣，像這樣三個人一起飲酒狂歡，邊聊些無意義的事，邊一起製作東西，實在是讓人非常快樂的時光。

這種心情實在很好。

我一邊心想要是有機會的話下次還要像這樣三個人一起喝酒，同時迎接了黎明。

正當魯迪烏斯和男人酗酒喝得爛醉，大吼「老婆算什麼東西」的時候——

魯迪烏斯宅的二樓臥室。

穿著睡衣的三名女子跪坐在巨大的床彼此對看。

「那麼，現在開始第二十六回格雷拉特家的例行會議，請鼓掌。」

聽到白髮女子的開場白，藍髮少女熱情地拍手附和。

紅髮女子一邊跪坐，一邊以正經表情跟著鼓掌。

雖說其中一名女性的年齡以少女稱呼並不太恰當，但要是敢這麼說的話，可得小心魯迪烏斯宅的主人像大魔神一樣勃然大怒。

外表像國中生不是很好嗎——這句話是主人的說法，但感覺會被反駁「如果這裡不是異世界的話肯定出局」。

言歸正傳，紅髮女子——艾莉絲愣愣地看著另外兩人的臉。

她晚上正在庭院訓練的時候，被希露菲直接拉走，帶來了這間臥室。

由於事前沒有得到任何說明，因此她顯得有些困惑。

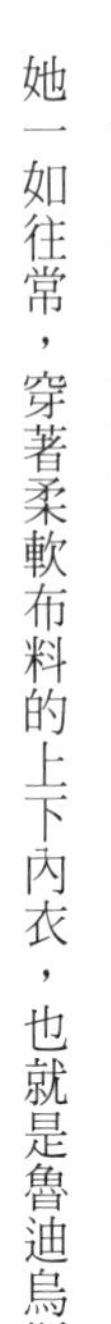

白髮女子——希露菲清了清嗓子。

她一如往常，穿著柔軟布料的上下內衣，也就是魯迪烏斯喜好的睡衣。

「那麼，現在就為日前成為我們同伴的艾莉絲進行說明。」

「說明就由我負責。」

此時，藍髮少女——洛琪希緩緩往前移動。

她穿著連身裙類型的睡衣，可愛的設計會讓不認識的人看了會以為她只是個小孩。

「這個會議是希露菲為了讓我們能更加融洽而策劃的。儘管我們各自都有自己的想法，會嫉妒，也會有占有欲，但要是因為這些情感導致我們彼此爭執，想必魯迪也會覺得難受。所以我們身為這個家的一分子，必須要努力讓這個家成為能讓魯迪感到自在的空間。」

艾莉絲低頭確認自己的服裝，是俗氣的便服。

明天就去買件睡衣吧——艾莉絲在心中默默決定。

「艾莉絲，妳有在聽嗎？」

「不……不要緊！」

艾莉絲用力點頭回應。

老實說，她沒有想到會舉辦這種聚會，所以現在還處於混亂之中。

「總之，要是有什麼話想說，就趁這個機會說吧。我們不要在魯迪面前吵架。畢竟魯迪最近好像很忙，所以盡量不要讓他因為我們的事情操煩。」

「我知道了。」

艾莉絲嚴肅點頭。在家裡面不要吵架。不要讓魯迪烏斯煩惱。

艾莉絲好歹也是阿斯拉王國出身。

儘管父親菲利普只娶了一名妻子，但是一夫多妻制的家庭，在阿斯拉王國並不少見。越是顯赫的貴族就會迎娶越多妻子，生出更多小孩。如果不這樣做，會增加家族滅亡的可能性。實際上，艾莉絲最喜歡的祖父似乎也有好幾名妻子。

艾莉絲想起了那樣的祖父以前曾說過的話：

「身邊有許多妻子的貴族，可以從妻子之間的感情衡量那個人的器量。」

換句話說，艾莉絲和希露菲以及洛琪希的感情越好，魯迪烏斯的評價也會越高。

「如此這般，今天的議題是討論彼此的事。我們對艾莉絲的事情還不太清楚，艾莉絲也不太了解我們。所以讓我們藉這個機會了解彼此，培養感情吧。」

希露菲一邊這樣說，一邊從床底下拿出了在這一帶經常拿來飲用的烈酒。洛琪希從架子上取出杯子和餐盤，還有事先準備的下酒菜，擺放在床的正中央。

希露菲像是要把酒瓶插進床上那樣用力放下，並這樣說道：

「總之，今天就讓我們推心置腹聊聊吧。大家都來說說自從和魯迪相遇之後直到現在，自己是多麼喜歡著魯迪，一吐為快吧。」

「正合我意！」

艾莉絲挺著胸回答。

關於喜歡魯迪烏斯這件事，她自認不會輸給任何人。

「那就從我開始嘍。我是還在布耶納村時遇到魯迪。我記得當時才五歲左右吧——」

就這樣，魯迪烏斯宅的女子聚會開幕。

魯迪烏斯宅的女子聚會一直持續到深夜。

由於洛琪希目前懷有身孕禁止喝酒，艾莉絲的體質不容易酒醉，頂多只到微醺程度。因此，唯一喝得醉醺醺的只有希露菲一人。

「我啊，第一個交到的朋友就是魯迪喔。從那個時候開始我就一～直很喜歡他。好懷念啊。當時魯迪還緊～緊抱住我。雖然他什麼也沒說，只是像這樣，像這樣緊緊地……嗚嘿嘿。」

那樣的希露菲一邊吐著酒氣，同時緊緊抱住艾莉絲。

被抱住的艾莉絲雖然顯得有些為難，但對此並不會感到厭惡，只是嘛起嘴巴。

「什麼嘛！我一樣也有被魯迪烏斯緊緊抱過啊。」

「剛才聽過了啦。艾莉絲好好喔。可以在最棒的時期和魯迪在一起。還得到了魯迪的第一次。魯迪他第一次的時候怎麼樣？跟我做的時候滿厲害的耶。」

「沒……沒什麼，就很普通啊。可是希……希露菲還不是一樣，妳是第一個和魯迪結婚生小孩的……妳才令人羨慕。」

當談論的內容快要發展為不太妙的方向時，洛琪希打斷發言說道：

「好啦好啦，就算不是第一次也沒有關係啊。我雖然沒有得到魯迪的任何第一次，但也很幸福。」

「噗——！希露菲出局！因為希露菲才是最重要的那個人，妳是最受魯迪尊敬的呢。」

「尊敬……魯迪為什麼會那麼尊敬我呢？」

「魯迪說過，洛琪希教了他最重要的東西！妳肯定教了很驚人的事情吧！像是魯迪會喜歡的那種色色的事情！」

「就算不用教，魯迪就已經夠好色了。因為他還會來偷看我洗澡什麼的……是說，我只是很普通地教他念書而已啊……唔……」

洛琪希這樣說完，開始陷入沉思。

自己到底是哪一點吸引魯迪？總覺得從剛見面時他就很親近自己……是教了他什麼呢？洛琪希完全沒有頭緒。

「算了，畢竟洛琪希比較特別，但艾莉絲也充滿一種不同的魅力。總覺得我都快沒自信了……」

「妳說的魅力是什麼？」

「因為艾莉絲很強啊。我很羨慕妳能站在魯迪身邊戰鬥。我認為自己也努力地變得相當強了，但還是贏不過魯迪。在迷宮那時也是，感覺魯迪是在保護我。雖然我是很開心啦……」

希露菲忸忸怩怩地煩惱，看起來越來越像是在喝悶酒。

然而，艾莉絲看到眼前景象，並沒有沉浸在優越感當中。

艾莉絲當初去劍之聖地的目的，是為了讓自己能配得上魯迪烏斯。

實際上，她認為兩人以某種程度來說，實力算是平分秋色。

她甚至覺得贏得了使用魔術的魯迪烏斯。

她為了這個目的而努力，並且抵達終點，獲得了成就感。

可是，她果然還是有點羨慕希露菲和魯迪烏斯這樣的關係。

正因為體認到自己絕對不可能變成像希露菲那樣，更讓她湧起這種想法。

就在希露菲煩惱不已、洛琪希歪頭疑惑、艾莉絲雙手抱胸時——

臥室的門打開了。

「失禮了，各位夫人。」

「啊，莉莉雅小姐。」

開門進來的人是女僕打扮的中年女性——莉莉雅。

她拿的托盤上面放著裝有白薯燉菜的容器，並冒著騰騰熱氣。

「我把追加的宵夜送來了。」

「實在很不好意思，莉莉雅小姐。」

「不會，洛琪希夫人。照顧各位夫人，是身為女僕當然的職責。」

莉莉雅向著低頭的洛琪希低頭回禮。

「那……那個，多謝、奉陪。」

「不會，艾莉絲夫人。您沒有必要向我道謝。既然您成為了魯迪烏斯少爺的妻子，那麼對我來說就是主人。」

至於艾莉絲，她還不太了解如何跟莉莉雅接觸。

以前在菲托亞領地的宅邸有許多女僕。然而，艾莉絲也自然地察覺不可以把莉莉雅和那些女僕相提並論。

她是魯迪烏斯的妹妹的母親。要說的話就是奶媽，或者是第二個母親。

所以有一種不可以被「魯迪烏斯的母親討厭」的這種想法，在艾莉絲的內心發揮作用。

「另外，請您不用那麼拘謹。因為我還在布耶納村的時候，就經常聽聞艾莉絲夫人的事蹟……」

「聽……聽到什麼？」

「呃……」

莉莉雅欲言又止。

因為她在布耶納村時所聽到的艾莉絲個人情報，都是些很不中聽的事蹟。

「我聽說您是位過於粗魯、難以管教，無法作為貴族的淑女活下去的女性……」

「…………」

艾莉絲嘟起嘴巴。

老實說，除了劍術本領以外，艾莉絲和當時幾乎沒變。

儘管也有一段時間為了成為淑女而努力，但如今也早已拋諸腦後。

「但是您如今竟然當上了劍王大人，真的是太出色了……我想菲托亞領地的領主大人要是看到現在的艾莉絲夫人，肯定也會引以為傲。」

「是啊……不過，我的父親大人和祖父大人都已經……」

「啊，我實在太失禮了！」

莉莉雅一臉悲傷地低下頭。

「沒關係。畢竟發生了那種事件，到處都有人發生不幸。像魯迪烏斯的爸爸和媽媽也是……」

「……」

氣氛在一瞬間變得陰鬱起來，唯獨熱騰騰的飯菜依舊冒著熱氣。

對這個氣氛感到坐如針氈的希露菲率先出聲：

「話……話說回來，莉莉雅小姐知道魯迪烏斯出生時的事情吧。」

「……是的。因為我原本是以魯迪烏斯少爺的保母身分受到僱用。」

「在和我或是洛琪希相遇之前的魯迪給人什麼感覺？」

「您是指剛出生不久的魯迪烏斯少爺嗎？」

被這樣詢問，莉莉雅開始回憶往事。

「這個嘛，其實我一開始，覺得魯迪烏斯少爺是個詭異的小孩。」

「咦？為什麼？」

「是為什麼呢……可能是因為魯迪烏斯少爺總是神出鬼沒，找到他的時候多半都會露出一臉不懷好意的笑容。」

莉莉雅回想起當時的事情笑了出來。

魯迪烏斯明明是個可愛的小孩，她對自己為什麼那樣避著他感到匪夷所思。

當時的確會讓人覺得不舒服，然而時間已讓自己淡忘那種感覺，如今只剩下美好回憶。

「啊——但是那跟現在也沒什麼變吧？」

「您說得對。不過當時只要我把魯迪烏斯少爺抱起來，他總是會摸我的胸部，或是露出猥褻的笑容……」

「那也和現在沒什麼變吧？」

「……聽您那麼一說，的確是這樣。」

魯迪烏斯從以前開始就是個色小鬼。

聽到這樣的敘述，氣氛變得有點不對勁，但只有一人聽了這些話之後反而哼了一聲。

「既然他喜歡莉莉雅的胸部，那我也沒問題嘍。」

發言人是擁有豐滿胸圍的紅髮女性。

「因為希露菲和洛琪希都很小，我其實有點擔心我這樣會不會有問題呢。」

「魯……魯迪不會介意那種事啦。」

希露菲雖然嘴上這樣說，但語氣卻有些顫抖。

「話說回來，他在旅行的時候也老是在看女人的胸部呢。」

「咦？旅行時也是？啊，不過經妳這麼一說，在剛結完婚的那陣子，他總是會動不動就摸我的胸部。像假日幾乎是整天都在摸。」

「我倒是很少被揉……是因為他不喜歡我的胸部嗎……」

洛琪希稍稍有些沮喪地揉了自己的胸部。

然而遺憾的是，她的胸部並沒有大到能揉。

太悲哀了。

「那麼，我先告辭……」

「莉莉雅小姐也一起喝嘛，偶一為之沒關係的。」

當莉莉雅想要離開房間時，希露菲出聲叫住。

洛琪希也附和她的說法接著說下去：

「話說回來，我在布耶納村的時候好像也沒有和莉莉雅小姐喝過酒呢……雖然我現在這樣沒辦法喝，但機會難得，就跟我們一起小酌如何？」

「呃，可是，我還得照顧塞妮絲夫人。」

「那麼也找塞妮絲小姐一起吧。」

「對呀。既然都是大人了，當然可以喝酒啊！」

希露菲和艾莉絲也出聲附和。

醉鬼是種會靠氣勢行動的生物。

轉眼之間，希露菲就把莉莉雅拉攏進來，甚至將塞妮絲也捲入其中，展開一場耍酒瘋的熱鬧饗宴。

另一方面，艾莉娜麗潔正對沒有克里夫的夜晚感到寂寞。

今天，克里夫出門聚餐。

他充滿男子氣概地宣稱，自己將和魯迪烏斯來一場男人之間的對話後就出門了。艾莉娜麗潔並沒有踐踏男人的尊嚴，而是對他說了一句「路上小心」，認為這樣的自己實在是個貞淑的女人，陷入了自我陶醉之中。

然而，她馬上就感到閒得發慌。艾莉娜麗潔雖然懷有身孕，但這段期間也毫不忌諱地與克里夫行房，但既然對象現在不在身邊，自然也無法滿足當下的性欲。

不過，在懷孕期間的性欲其實並沒有那麼強烈。艾莉娜麗潔認為只是一天不做應該也有辦法忍受，因此她決定去魯迪烏斯宅探望希露菲和洛琪希。

然而她在那裡看見的，是魯迪烏斯宅的五名淑女享受著酒宴的景象。

「哎呀哎呀，事情變得很有意思呢。」

「啊，是奶奶。麗潔奶奶，妳肚子變大了耶～會是我的弟弟，還是妹妹呢？咦？可是既然克里夫是爸爸，那魯迪……呃……」

艾莉娜麗潔抵達的時候，剛好撞見希露菲正從後面揉著艾莉絲胸部的景象。

艾莉絲對此沒有反應，只是以呆滯的眼神默默吃著料理配著酒。

塞妮絲就像是在陪她喝酒似的，不斷地把酒倒進酒杯。

在她身旁的莉莉雅也喝了起來。

莉莉雅一邊讓洛琪希幫自己倒酒，同時對她發著牢騷。

「洛琪希夫人，為什麼魯迪烏斯少爺就是不肯愛我的女兒呢！」

「他有愛著愛夏啊。」

洛琪希肚子裡有小孩，心想不能一起喝酒覺得可惜，同時也真誠地回答莉莉雅的問題。

「是真的嗎……？」

「呃，雖然是指視為妹妹的那種疼愛啦……」

「女人的幸福，不就是被男性所愛嗎！」

「我的確很幸福，但不只是因為那部分而感到幸福……況且愛夏很優秀，我相信她總有一天會找到好對象。」

「是比魯迪烏斯少爺更好的對象嗎！」

「我想比魯迪優秀的男人並不多……但這樣一想，我也是有市場的呢。雖然我的狀況比較像是先下手為強那種。」

艾莉娜麗潔看到眼前景象的瞬間，想起了冒險者公會那群無法結婚的女性集會。

感嘆沒有男人作伴的女冒險者，偶爾會像這樣聚集在一起飲酒作樂，大肆喧嘩，惹店家生氣後被趕出去睡在小巷子。

「真是的，要是看到這個畫面，魯迪烏斯可是會哭的喔。女人啊，只有在和男人獨處時才可以讓人看到喝醉的樣子喔。」

艾莉娜麗潔開心地參加了這場集會。

她根本不需要害怕。儘管艾莉娜麗潔平日就不缺男人，但是參加這種集會時也是會一起喝酒。

「奶奶真是的，怎麼這樣說啦~啊，對了。奶奶，妳一~直在教洛琪希床上技巧對吧。妳為什麼就不教我呢？奶奶，為什麼？」

「哎呀，希露菲真是的，居然醉成這樣……我不教妳技術，是因為讓魯迪烏斯認為妳是個什麼都不懂的純樸小姑娘，會讓他更加興奮……」

「既然這樣，現在應該可以了啦，教我更多技巧嘛。我已經不想要每次在床上都只能任憑魯迪擺布了！是時候給魯迪一點顏色瞧瞧了！」

艾莉娜麗潔看到眼前的慘狀，不過幾秒就捨棄了理性思考。

她那具有高度溝通能力的大腦下了判斷，自己也必須加入其中一起開喝。

「總之先給我一杯吧。」

艾莉娜麗潔伸手準備拿起空杯，然而卻有手制止她的動作。

是希露菲。

「不可以啦！大肚子的人怎麼可以喝酒！」

「這句話妳應該向洛琪希說。」

「沒關係啦，因為洛琪希沒有喝所以沒關係～況且就算喝了也可以用解毒魔術，所以沒關係～」

如果是清醒時的希露菲絕對不會說這種話，但今天的她已經醉了。

艾莉娜麗潔傷腦筋地嘆了一口氣，接著在空椅子一屁股坐下。

「我好歹也有在學校學過解毒魔術喔。」

「我可是會無詠唱呢～」

「啊～好好好，真了不起，真不愧是我的孫女。」

「所以，妳不可以喝酒喔！不行！」

「知道了知道了。我知道了啦。」

艾莉娜麗潔莞爾一笑，草草敷衍志得意滿的希露菲，然後決定放棄喝酒，開始把下酒菜放進嘴裡。

「與其說是奶奶的孫女，應該要歸功於魯迪教導有方啦。不管是魔術還是在床上，我都只能任由他擺布呢。」

「但是這種女人也是很吸引男人的喔。」

「對吧～魯迪呀，跟我做的日子可是充滿幹勁的呢。嘿嘿嘿。」

希露菲已經完全喝醉，艾莉娜麗潔在那之後過了約一個小時，才總算融入其中。

那一天，在場有四位女性拚命地灌酒。

喝啊喝，喝啊喝，藉此宣洩出自己內心的想法。

對魯迪烏斯最近私底下鬼鬼祟祟行動的不安。

對人神和奧爾斯帝德的不信任。但是依舊樂觀地認為總會有辦法解決。

她們談論著這類話題，並加速酒精催化，體會到短暫的幸福快感。

清醒的洛琪希和艾莉娜麗潔一直聽著她們大發牢騷，等到其他人喝累睡著，最後再對所有人施加解毒魔術。

然後，艾莉娜麗潔回家，洛琪希回到自己房間，為了準備明天學校要處理的事情而上床睡覺。

直到隔天早上，洛琪希才想到那個沒能參加這次聚會，獨自一人賭氣在床上睡覺的少女。

清醒的時候，我發現自己正抱著札諾巴。

當然，我並不是同性戀。這是昨晚喝太多造成的結果。

昨天喝得實在很痛快。老實說，我在前世曾認為和男人喝酒到底有什麼意思。

但是我錯了。和意氣相投的男性朋友喝酒，喝起來最有滋味，醉得最舒服。

「嗚～頭好痛……」

我對不斷訴諸疼痛的腦袋施加解毒和治癒魔術。

不久痛楚馬上消退。將傳遞疼痛的來源雙重鎖定，頭痛時就要服用納〇艾斯。（註：ナロンエース，大正製藥的頭痛藥）

順便也對睡得鼾聲連連的札諾巴和克里夫使用雙重鎖定。

啊，札諾巴的腳靠在克里夫的臉上。他看起來睡得好痛苦……抱歉啊克里夫，用治癒和解毒魔術沒辦法連臭味來源一併封鎖。

不過呢，雖說可以暫時治癒宿醉的疼痛，卻無法一併解決水分不足的問題。

在頭又開始痛起來前先喝杯水吧。

我用土魔術做出杯子，用水魔術……

「嗯？」

此時，我發現位在房間中央的一個東西。

那個東西的形狀和手臂十分相像。

但是，以好幾塊鐵板疊在一起製成的那個，看起來比手臂略微粗壯，厚實且堅硬。

「……這是什麼？」

我試圖回想昨晚的記憶。

「是說，這裡是哪？」

我環顧四周，發現這裡是陌生的房間。但並不是完全沒印象，至少可以知道這裡是克里夫的房間……

「呃，我記得我們在店裡喝酒……對，當時有聊到要重做義手。然後是因為這裡有畫魔法陣的材料所以才來……」

後來的記憶實在很模糊。

唯一確定的是，我們是一邊喝酒一邊動手製作新版本的義手……

「……？」

總覺得我只記得過程很不順利，幾乎沒有這部分的記憶。

總之我先將義手……應該說護手比較正確。

我試著拿起護手……好重。光是單手就應該有十公斤重，這肯定是以我的土魔術製成的道

具。還很仔細地在手掌部分挖了一個可以塞進魔石的空間。

就這樣拿著實在吃力，所以我把它放在地板，接著把手塞進裡面。

尺寸正好。

我喃喃開口詠唱咒語，可以感覺到魔力往手臂方向流動。

「『土啊，成為吾之臂膀吧』。」

接著魔力從整隻手臂傳遞，迅速灌入護手，與此同時，護手的重量也跟著消失。

觸感有些遲鈍，可是感覺能輕鬆拿起所有東西，這是直到最近為止還感受著的懷念觸感。

沒有錯。這是札里夫義手。

不對，現在應該稱為札里夫護手才對。

「其實完成了嘛。」

就這樣，札里夫護手完成了。

後來，不知道什麼時候回來的艾莉娜麗潔幫忙做了早餐，我們幾個慵懶地吃了一頓飯。

「成功了呢。」

「是啊。」

「之後再把設計圖重新畫好吧……」

雖說這頓飯算是順便慶祝札里夫護手完成，但我們已經沒有精神熱鬧一番。

就算用治療魔術和解毒魔術恢復身體，但我們畢竟一路鬧到早上，沒辦法連睡眠不足的問題一併解決。

「再見。」

「嗯，下次再喝吧。」

「是啊，下次再聚。」

我們在克里夫的房間前面以低落情緒立下約定，就地解散。

我難得以非常沉重的動作踏上歸途。

時間已經接近正午，陽光強烈。

已經完全來到夏天了。

雪已經幾乎融化。再過一陣子，獸族的發情季節也會到來。因為我的野獸(Beast)是全年無休都在發情，和季節沒什麼關係，但是看到周圍都在蠢蠢欲動，我也會跟著蠢蠢欲動。

洛琪希的肚子也開始變大了。

我現在已經開始期待生下來的小孩要取什麼名字，但是兩週之後，我必須陪同愛麗兒前往阿斯拉王國才行。

只要使用轉移魔法陣就能馬上回來，但我不清楚會在那邊待上幾個月時間。

我果然還是不希望在她生小孩時，自己沒辦法陪在身邊。

因為她為了要生下我的小孩，有十個月都得過著不方便的生活。在這段期間我能做的事情

不多，所以更應該把感謝的心情以行動來表達出來。

和洛琪希的小孩會是男孩子呢？還是女孩子呢？因為露西是女孩子，所以這次如果是男孩子比較好吧。不對，是男是女都沒關係。

話說起來，艾莉絲有說過想要生個男孩子啊。

在前世的話是用什麼方法決定生出來的小孩性別？

我好像聽過做什麼的話會容易生出男生還是容易生出女生。

像是用醋什麼的……

在這個世界，可以用魔力來控制這個結果嗎？

算了，怎樣都無所謂。不管是男孩子還是女孩子，只要投注愛情好好養育長大就好。

我在不久的將來也會和艾莉絲生小孩吧。不過我反而擔心艾莉絲在懷孕期間會不會老實聽話。

話說回來，艾莉絲對生小孩這件事果然有點著急呢。在做那件事的時候她會說「這樣就會懷孕了吧？」、「應該沒弄錯吧？」跟我再三確認。儘管這跟艾莉絲本身性欲強烈有關，但或許是因為看到露西和懷孕中的洛琪希，讓她認為自己太晚起步才會有這樣的反應。

在阿斯拉王國，得在生了小孩之後才能堂堂正正地自稱妻子，或許有一部分是因為這方面的認知影響。實際上我不清楚艾莉絲到底怎麼想，但是如果生個小孩就能讓她安心的話，那我當然希望能盡早讓她安心。

就在我胡思亂想的時候，已經走到家附近了。

好啦，因為昨天我沒有說好要外宿，家人果然會生氣吧？

不對，我們家沒有那麼嚴格。

可是外宿和門禁什麼的，像那種規則還是要確實制定比較妥當。畢竟在這個世界綁架犯還滿常見的，而且也不知道人神會採取什麼行動。露西最近也慢慢長大了，再加上今後還會陸續生下小孩，得為了他們著想才行。

「我回來了！」

「啊，哥哥，歡迎回家～」

我回到家後，愛夏出門迎接。

沒看到其他人的身影。

「奇怪？其他人呢？大家都出門了？」

「因為昨天她們玩到很晚，都還在睡喔！」

什麼？玩到很晚？意思是趁我不在時舉辦宴會？難道咱被排擠了？

……原來當我走在男人之間的風光大道時，女人也舉辦了自己的集會。

希望她們沒有說我壞話……

「你聽我說啦哥哥。大家都好過分喔。居然趁我睡了之後才在飲酒作樂！」

「噢，妳沒有參加嗎？」

「我和雷歐一起在睡覺啊……啊，對了，你聽我說啦哥哥。我和雷歐睡覺，然後一大早起來突然覺得很冷，想不到雷歐竟然尿床了耶！所以我就凶了一頓啊，結果牠變得好沮喪，看起來好傷心呢。雷歐雖然看起來塊頭很大，但還是個小孩呢。」

愛夏似乎很享受每一天呢。

「所以，後來怎麼了？妳有拿去洗嗎？」

「當然啦。啊，後來艾莉絲姊有幫我喔。而且她還說自己也有經驗，會幫我保密。就算我解釋不是我做的她也不願意相信我～哥哥，你去幫我解釋一下嘛。我出生到現在明明就從來沒尿過床啊……」

「真的嗎～？」

「啊，連哥哥也這樣講！好過分——！」

我一邊和愛夏說話一邊移動到客廳。

原來艾莉絲也參加宴會了啊……雖然原本有點不安，但她似乎順利地和家裡打成一片，實在太好了。

「啊，魯迪烏斯，歡迎回來。」

我正在想這種事，艾莉絲也碰巧下樓。

她穿著容易活動的服裝，手上握著木劍，腰間則是掛著真劍。

「我回來了。妳現在要去訓練嗎？」

「沒錯！我也得更加努力才行！」

雖然不清楚她們在宴會上聊了什麼，但感覺她心情很好。

好啦，我也有事情要拜託她。

「艾莉絲。」

「怎樣？」

或許是因為剛才一邊曬著太陽一邊走回來，現在腦袋已經完全清醒，身體也恢復了力量。

再來只要喝杯水就能夠重新振作，精神百倍。

趁現在精神還不錯的時候直截了當地拜託她吧。

「如果妳現在要去訓練，要不要久違地來場模擬戰？還記得嗎？就像跟瑞傑路德一起旅行時那樣。」

我這樣提議，艾莉絲一瞬間愣了一下，但隨即揚起嘴角笑了。

「好啊！我要像以前一樣把你打得落花流水！」

「嗚……這個嘛，我會努力讓艾莉絲獲得練習的效果。」

但畢竟是模擬戰，我還是希望她能手下留情，不要失手殺人……

不要緊嗎？應該不要緊吧？艾莉絲好歹也當上了劍王，應該懂得手下留情吧？

「那我先去庭院了！」

好啦，既然和艾莉絲約好了，我也去換個衣服吧。

不能老是讓變帥氣的艾莉絲看到我難堪的一面，提起精神吧。

我和艾莉絲在庭院對峙。

「總覺得好久沒有像這樣和魯迪烏斯交手了呢。」

「是啊。」

從和瑞傑路德旅行那時開始算起，已經過幾年了啊？應該有五年吧。

「我不會再輸了！」

「我也不認為能贏啦。」

得到預知眼後的那次對決，是我贏了艾莉絲。

但是在我的印象中，到旅行快結束的那時，我們之間的實力已經幾乎相差無幾。

然後，在分別之後彼此所經歷的生活。

一直持續精進劍術的艾莉絲，連戰鬥以外的事情也都做過的我。

我有看到奧爾斯帝德和艾莉絲之間的戰鬥，所以我知道自己恐怕贏不了艾莉絲。

「話雖如此，艾莉絲應該也還不習慣和魔術師戰鬥吧？」

「是啊。」

「我也幾乎沒有和能夠使用光之太刀的劍士交手過。所以我想藉由這次的模擬戰，讓我們學會如何對付和彼此相同水準的對手。」

艾莉絲哼笑一聲，表情相當開心。

怎麼了？我還沒有誇獎她，剛才說了什麼有趣的事嗎？

「……總覺得好久沒有這樣了呢！」

「嗯……對呀。」

的確，我總是會一邊講些道理一邊和艾莉絲訓練。

在擔任家庭教師的時期，我記得也曾做過這種事。

「所以，艾莉絲，來打一場模擬戰吧！就像旅行那時一樣。」

「我知道了！」

艾莉絲這樣回應，架好木刀。

這是大上段，是艾莉絲喜歡的架式。她從以前就喜歡把劍往上擺。

不過也有不同之處。當艾莉絲擺好架式的瞬間，她周圍的空間瞬間沉靜。艾莉絲平時身上那股莫名浮躁，與冷靜扯不上邊的氛圍在一瞬間消失無蹤。

我慌張地沉下腰架好魔杖，發動預知眼。

「隨時都——」

行——我才說到一半的瞬間，視野中的艾莉絲產生晃動。

然後當我說完的那一剎那，右肩便受到一股強烈的衝擊。

當我回過神時，魔杖滑落，整個人像是被狠狠敲到地面一樣仰躺倒地。

過了一會兒，肩膀才感到一股劇烈疼痛。

「嘎……唔……」

肩膀的骨頭碎了嗎？右手完全無法動彈。

我設法把左手放到右肩上開始詠唱。

「神聖之力是香醇之糧，賜予失去氣力之人再次站起來的力量吧——『Healing』。」

疼痛慢慢緩和。

但此時艾莉絲進入我的視線。她依舊擺出大上段架式，臉上的表情像是在說「怎麼辦？可以再追加一擊嗎？」。

「等等，暫停！我認輸！」

我慌張地舉起右手認輸後，艾莉絲放下木刀。

我稍微喘了口氣後挺起身子。

「艾莉絲，剛才的是『光之太刀』？」

「是啊。」

這樣啊，原來剛才那招就是劍神流奧義光之太刀。

哎呀，雖說之前曾見識過，奧爾斯帝德也對我用過這招，但是現在再次親眼看到，真的很快啊。根本來不及反應。

「是嗎，真厲害。我完全看不見。」

「對吧！因為我很努力啊！」

艾莉絲被我誇獎，一臉滿足地點了點頭。

「我會設法努力到能夠應付這招為止。」

「我倒要看看有沒有那麼簡單！」

「今天以內或許沒辦法吧……」

話雖如此，也不能老是被她看到我難堪的樣子。

因為我必須讓這場模擬戰也能對艾莉絲帶來意義才行。

直接說結論，我徹底一敗塗地。

戰績是十戰九敗。

「……」

我知道艾莉絲很強。在交手之前，我就已經知道自己大概不是對手。

這是模擬戰，是為了變強而進行的訓練，並不是為了戰勝對方。

光是能體驗到劍神流頂尖水準的實力，今天就有很大收穫。

我是這麼想，但是像這樣實際屢戰屢敗，還是會感到心灰意冷。

我嘗試過各種手段。泥沼、濃霧、土牆、真空波和衝擊波，甚至也試著用風和沙子攻擊她的眼睛。因為我認為艾莉絲不擅長應付牽制攻擊。

事實證明，艾莉絲確實很不習慣應付這類攻擊，然而光之太刀卻總是以凌駕一切攻擊的速度飛過來。

而且就算兩敗俱傷，到頭來也是我輸。

只有電擊（Electric）或許能稱得上是平分秋色，但是艾莉絲即使觸電也不會把劍放下，反而進一步往前突進。毅力實在非同小可。

反觀我呢？基本上一擊就可以讓我倒地。

我的耐久力低到甚至怕艾莉絲因此對我幻滅。

「……我很遜對吧。」

「是嗎？」

「總覺得，明明艾莉絲付出許多努力才變得這麼強，而我卻只有這種程度，該怎麼說呢，看到艾莉絲這麼努力，我這樣實在沒臉面對妳。」

儘管我有確實拿下一勝，但那是靠札里夫護手成功擋下木刀才贏的。

艾莉絲對明顯異質的手感愣了一下。也是，原本以為自己敲斷了對方手臂，卻有像鐵一樣的觸感反彈回來，這種反應是理所當然。

札里夫護手的外觀比札里夫義手更加俐落，至於硬度方面似乎是相同水準。

艾莉絲對此不禁開了一句黃腔說「魯迪烏斯連手臂也能變硬嗎？」，讓她自己也滿臉通紅。

當然，我能變硬的地方只有一個，主要是晚上才能變硬。

關於札里夫護手的硬度，算是我昨晚努力的結果。

所以，這一勝也可以說是我憑實力搶下沒錯。

但是，這種勝利方法不可能再次管用，況且如果這次是認真交手，護手很有可能連同手臂被一起砍下。

因此並不算數。換句話說，我的勝率是０％。全敗的魯迪烏斯。

所以我才會說沒臉面對艾莉絲，但是……

「沒有那回事。畢竟一個是劍士一個是魔術師。在這種距離下是當然的啊。」

艾莉絲卻說出這種話。

說實話，我以為她的回答應該是這兩種模式的其中之一。

第一種，艾莉絲得意洋洋地挺起胸膛說「當然！因為我很強！」，「魯迪烏斯也要好好加油！」的鼓勵模式。

第二種，艾莉絲嘆了口氣說「真無趣」的幻滅模式。

但是，艾莉絲的回答卻和這兩種完全不同。

因此讓我感到困惑。

咦？艾莉絲竟然說了「距離」這種詞彙耶。

「因為是從我的距離開始戰鬥，打從一開始就對魯迪烏斯不利啊。反而是被拿下一勝的我太不爭氣了。」

艾莉絲一本正經地講著這種話。

這真的是艾莉絲說的嗎？

不對，艾莉絲好歹也是劍王。擁有那方面的知識也很正常，不如說沒有的話反而奇怪。

更何況她教導諾倫劍術的時候，也是像這樣講些理論性的知識。

雖然已經搞懂了這點，但我還是想問個清楚。

「艾莉絲，我可以問妳一件事嗎……？」

「什麼啦？」

「那種技巧，是誰教妳的？」

是劍神嗎？還是劍帝？

雖然我這樣提問，但內心的答案已經是這幾個名字。

其實，我並不是想知道這些事是誰教她的。

或許我的目的是確認這不是艾莉絲自己想到的，好讓自己安心。如果真是這樣，那我這個人還真令人討厭啊……可是這也沒辦法。因為艾莉絲看起來絲毫沒變，但其實改變了不少地方，這點讓我有點困惑。

「教我距離這方面的人是奧貝爾！」

噢，果然有人教她啊。

我心想果然如此，但同時也在意起奧貝爾這名字。

這名字好像在哪聽過……

「呃，是北帝？北帝奧貝爾？」

「對呀！」

「我印象中艾莉絲應該是拜劍神為師，所以妳也向北帝學過劍嗎？」

「也有稍微向水神學過喔！」

居然還向水神列妲學過。

果然不愧是劍之聖地，不只是劍神流，還可以學到其他流派嗎？

或者說只是單純的交流，在別的流派來的時候剛好有請對方教導。

不過話說回來，北帝奧貝爾……還有水神列妲啊……

奧爾斯帝德說過，到時在阿斯拉王國很有可能跟這兩個人戰鬥。

艾莉絲竟然曾向他們兩人學過劍術。

這是什麼陷阱嗎？

我認為應該是單純的偶然，但是……

「艾莉絲，其實呢，到時在阿斯拉王國好像很有可能和那兩個人戰鬥。」

「是嗎？」

「嗯。畢竟那兩個人跟隨的好像是愛麗兒的敵人……」

要和師傅戰鬥，對艾莉絲來講肯定也很難受。

我出於這種考量而慎選言詞，但是艾莉絲卻雙手抱胸，露出幹勁十足的表情說道：

「嗯，真讓人躍躍欲試！」

她反而一臉想要現在馬上交手的表情。

看來艾莉絲和那兩個人並沒有建立起像基列奴這樣的關係。

是說，艾莉絲在劍之聖地該不會沒有朋友吧？

有點擔心。

「算了，既然艾莉絲都躍躍欲試了，那我也會使出全力和那兩個人戰鬥。」

「當然！我們絕對不可以手下留情喔。」

「因為這樣會很失禮嗎？」

「因為會一瞬間就被砍成兩半。」

她的表情非常認真。

「但是不要緊。由我來保護魯迪烏斯！」

「呃，嗯……」

艾莉絲雖然這樣說，但老實說我很害怕。

實在不想從正面跟他們戰鬥啊。雖然要看當下狀況而定，但還是得盡可能引誘他們跳進陷阱，或是製造出對我方有利的狀況才行……

「總之，今天謝謝妳陪我打模擬戰。」

「不需要道謝！作妻子的當然要擔任魯迪烏斯的對手。」

哎呀，講這麼令人害羞的話。

「那我作為艾莉絲的丈夫，也必須進步到能和妳並肩作戰才行。」

「已經足夠了！」

「是嗎？」

「是啊。因為每個人都有自己的任務！一想到有魯迪烏斯保護我的背後，反而讓我很安心。」

該怎麼說呢，我覺得如果是以前的艾莉絲，絕對不會講這種話。

儘管修行成果產生的變化十分顯著，但不僅如此，她的心靈方面也確實獲得成長。

看來，我真的得小心別讓她幻滅才行。

★ ★ ★

我用模擬戰訓練，同時也著手進行各式各樣的準備。

改良魔導鎧、奧爾斯帝德的詛咒對策，以及旅行的準備。

我同步進行這些事項，並增加和洛琪希相處的時間。

當然，我也不是隨時都和洛琪希在一起。有些時間也會和奧爾斯帝德進行討論，用心做好準備。

北帝奧貝爾和水神列妲會使用什麼樣的技巧，另外還有對應的方法。

聯絡上盜賊朵莉絲所在的盜賊團的方法。

為了以防萬一，掌握阿斯拉王國王都亞爾斯的地理位置。

掌握王城銀之宮的內部構造。

介紹克里夫和奧爾斯帝德碰面，開始進行詛咒方面的研究。

我把能做的事情逐一進行。

一邊完成這些事，一邊撥出時間陪伴洛琪希。

我絕對不是一直黏著她。

的確，我有時或許會在房間前面晃來晃去，若有似無地進入她的視線裡面，但基本上是堂堂正正地撥出時間和她相處。

或許是因為目前懷有身孕，洛琪希比平常更加積極，允許我主動靠近。

不，並不是說她平常連這點都不准我做，只是洛琪希主動接近我的次數變多了。這讓我很開心。

以前她或許是因為顧慮旁人的眼光吧。我如果坐在沙發上，基本上她並不會坐我旁邊，不是去坐一人座的沙發就是坐在我的正面，不過最近卻會坐我旁邊或是大腿上。

這可是大腿耶。那個討厭被當成小孩對待的洛琪希竟然會願意坐在我的大腿上。

而且，可能洛琪希也對此有點難為情，這種時候總是滿臉通紅。

要坐我旁邊或是自然地坐在大腿上，對她而言肯定是需要一些勇氣吧。

所以，我每天晚上都向地下的神龕獻上感謝的祈禱。

神啊，謝謝祢。謝謝祢讓我擁有這麼幸福的人生。

好啦，這部分姑且不提。

有一天，我和洛琪希在客廳的沙發上比鄰而坐。

最近在忙完一整天之後，我和洛琪希兩個人會坐到沙發上談天說地。

彼此怎麼聊也聊不完。從洛琪希在學校的話題到最近有關魔道具的話題。彼此因轉移事件而展開旅行那時的話題。雖說都只是些雞毛蒜皮的小事，但和洛琪希聊天果然會讓我感到安心，甚至光是聽她說話都會覺得幸福。

她的話總是意義深遠，充滿了啟蒙與睿智。

是一段很愉快的時光。

「魯迪太怯弱了。魔術師雖然能一邊退到後方一邊攻擊，但要是距離拉開，也會導致攻擊較慢擊中對手。」

「可是和劍士戰鬥的時候，不是應該要拉開距離嗎？」

那天的話題是和艾莉絲進行模擬戰的那件事。

記得有人說過，和一名女性對話時別聊到其他女人，但先拋出這個話題的人是洛琪希。

她今天看到我和艾莉絲交手，就是我輸得一敗塗地的那場模擬戰。

「的確，如果是魔術師和劍士的話，距離拉得越遠，對魔術師就越有利。儘管會比較慢擊中對手，卻也能讓劍士的攻擊無法擊中我們。」

「對吧。」

「可是，如果已經進入對方的攻擊範圍就另當別論。」

「是這樣嗎？」

「如果是在劍士的攻擊範圍內，對劍士自然絕對有利，畢竟他們出招快速。而且只是稍微往後退個幾步，是無法逃離劍士的攻擊範圍之外。因為對手會衝過來用砍的，他們對前方的攻擊範圍比想像中還要更遠。」

「也是。」

這點我在和艾莉絲打模擬戰已經體驗過好幾次。

艾莉絲基本上是邊前進邊攻擊，但多半還是會把距離縮短到她能攻擊到我的位置之後站著擺出架式。即使我搶先攻擊發射魔術，她從那個位置也有辦法應對，而且就算我想退到後方，這個距離也會被她追上。

直到我發現這點之前，已經重複了將近三十次的敗北。

「那麼，我出個問題。要對抗會往前伸長的攻擊，最有效的位置是在哪裡？」

「……對手後方？」

「沒錯。因為劍士會大步向前使出斬擊，重心會往前傾。如果攻擊後方，也無法造成有效的打擊。所以只要能撐過去，就是反擊的機會。因此要閃過對方的攻擊，互換彼此位置！」

「原來如此。」

不是從後面，反而是從前面。這就是所謂的致死地而後生。

不愧是洛琪希，我的老師。她在作為冒險者活動時，肯定已經遇上了好幾次那樣的場面。在近距離也打倒過好幾隻強得跟鬼一樣的魔物。

這就算說是神也不為過。

我抱著這樣的想法，眼睛發亮地看著洛琪希，她卻明顯地別開視線。

「呃，不過，我想面對艾莉絲那種層級的對手應該很難做到這點，而且我也辦不到，如果你想要我示範的話，我會很困擾。」

「不，洛琪希的話肯定能辦到。」

「不是，我是真的辦不到！所以請你不要用那種期待的眼神看我！」

我沒有用那種眼神，只是讓眼睛閃閃發亮而已。

不過我稍微能夠理解。

每次都移動到後方試圖拉開距離並不是好選擇。

偶爾也要自己主動往前先下手為強，打出阻止對方前進的反擊。

這樣一來，對手也會心想「往前進攻或許會有危險」或是「說不定往前反而沒辦法收拾他」。

只要讓對手認為深入敵陣揮出斬擊會有風險，這樣一來我這邊的「後退」行動就能夠發揮效用。

不過，如果對手是艾莉絲的話應該沒那麼簡單。得要先輸個好幾次，從中慢慢習慣這種動作。

「嗯哼。」

當我思考到這邊，洛琪希清了清嗓子。

「那麼，魯迪，畢竟也接近出發的時間了，是時候請你幫這孩子取個名字了。」

「可是在出發旅行前先想好孩子的名字，不是會觸霉頭嗎？」

聽到我的詢問後，洛琪希這樣回答：

「這個說法是源自人族英雄的傳說吧？跟米格路德族沒有關聯。」

非常爽快地撇清。意思是別人家的禁忌和自己無關啊。

算了，既然我家神明都這麼說了，那就沒有必要為了討吉利而迴避。

就按照神明的吩咐吧。

「在米格路德聚落會由族長來決定……但我們家的戶長是魯迪。請你快點決定吧。」

「隨隨便便就交給我決定好嗎？」

「當然。我打算一邊叫著魯迪決定的名字，一邊摸著日漸變大的肚子過日子。我想，那肯

定會是很幸福的時光。」

洛琪希一邊這樣說著，一邊撫摸膨脹的肚子。於是我伸手按在她的手上，間接地撫摸洛琪希的肚子。

真是難以置信。從十年前以上就認識的洛琪希，居然會像這樣懷著我的小孩。希露菲那時也讓我覺得很難以相信，但是洛琪希這次依舊讓我覺得很不可思議。不過，內心深處卻湧起一股喜悅。這種感覺真好，不論多少次都讓人回味無窮。

「嗚嘻嘻。」

「你怎麼了，魯迪？為什麼要笑得和希露菲一樣？」

像希露菲是什麼意思？

「不是啦，我只是覺得洛琪希的肚子很棒。」

「我不像希露菲那麼苗條，也不像艾莉絲身材那麼緊實……不過既然你覺得很棒，那請儘管摸個夠吧。」

「可以嗎？」

雖然我嘴上這樣問，但其實從剛才開始就已經在盡情撫摸。

「畢竟在這裡面的，有一半是屬於魯迪的喔。」

「那外面的部分呢？」

「……外面的部分全都是魯迪的。」

「這樣應該全都是屬於我的了吧？」

「小孩有一半是我的。這點我不會讓步。」

原來如此原來如此。洛琪希老師果然很聰明。

也對，小孩子是兩個人的。然後洛琪希是我的。

「小孩子的名字，該怎麼辦呢……」

「對了，如果要取個像米格路德族的名字……叫蘿菈如何？」

米格路德族取名字時很常用 Ro 來取第一個字。不過我們的孩子是混血兒，應該不用那麼拘泥於形式。

「我想，果然還是用洛琪希和魯迪烏斯的名字來命名好了。」

「說得也是。洛迪烏斯、魯琪希……感覺配不太起來呢。」

「我和洛琪希怎麼會合不來！」

是因為直接組合上去所以才會覺得奇怪。

比方說，取 Ru 和 Ro 的中間……Re。想一個從 Re 開始的名字就好了。

Re、Re、Re……不行。感覺好像每天都會拿掃把打掃。雖說我也覺得愛乾淨不是什麼壞事，但現在要的並不是那種。（註：出自《天才妙老爹》的レレレ大叔，會一邊說「要出門嗎？Re、Re、Re～」一邊拿掃把哼歌）

剛才洛琪希取的蘿菈就很不錯。感覺會是憧憬熱烈戀情的少女。（註：出自《悠久幻想曲》

的ローラ・ニューフィールド）

不過，總覺得不太對。應該要更有洛琪希的感覺比較好。

既聰明，又有種惹人憐愛的感覺。

只要叫一聲洛琪希，就會轉過身子，從下方抬頭望向這邊，表情沒有變化地地回問一句「怎麼了？」這種感覺。

唔～唔～唔～

如果是Ra、Ri、Ru、Re、Ro這幾個音，感覺比較會像「洛琪希的小孩」。好。

「是男孩子就叫羅洛，女孩子的話就叫菈菈如何？」

「不錯呢。羅洛和菈菈，聽起來很朗朗上口。」

沒錯吧沒錯吧。一個感覺像是會被魔界大王綁架，另一個則是會去救她對吧。（註：出自電玩《ADV Of LOLO》。操作角色名叫羅洛，被擄走的女主角名叫菈菈）

「太好了呢，羅洛、菈菈。爸爸幫你們取好名字了喔。」

洛琪希雖然外表看起來像個國中生，但她的表情就猶如聖母。神聖。這是何等神聖啊。她生的小孩肯定是神子無誤。

「魯迪。」

「嗯？」

「雖然我前幾天說了那種話……但請你要平安回來喔。我想要和魯迪一起抱這個孩子。」

「是。」

這不需要她叮囑我。

這樣恬靜的每一天很快地過去，轉眼間已來到啟程的日子。

旅行的成員有八名。

公主一行人是愛麗兒、路克、希露菲、埃爾莫亞和克麗妮。

除此之外的成員是我、艾莉絲再加上基列奴。

我們的交通工具有一輛由兩匹馬牽引的馬車，再加上五匹馬。

這種簡樸的旅行行頭，完全想不到是大國阿斯拉王國的第二公主的啟程之旅。

表面上是以微服方式歸國，其實是為了隱瞞我們要利用被視為禁忌的轉移魔法陣移動。

然而，儘管我們決定要不動聲色地回國，魔法都市夏利亞的入口卻擠滿了大批人潮。有魔法大學的副校長、學生會的幹部。魔術公會的總部長。魔導具工房的會長。其他還有某某組織的頭頭以及魔法三大國的王族、貴族代理人，都陸續來為愛麗兒送行。

他們真的有搞清楚什麼叫作微服嗎？

這個單字應該沒有大張旗鼓的意思才對吧。

……算了，畢竟有人像這樣來送行，也證明了愛麗兒努力的成果。

說不定，我總有一天也會動用和他們之間的人脈。因為奧爾斯帝德雖然很強，但他和別人之間的交流卻很薄弱。所以像這種地方就得由我來出一份心力。

這樣一想，我也混在愛麗兒旁邊和他們一一打過招呼。

——於是，我們踏上前往阿斯拉王國的旅程。

閒話「黑狼劍王」

基列奴·泰德路迪亞的早晨，從太陽還沒升起便已經開始。

換好衣服，喝了一杯水，做了簡單的暖身運動之後，她就離開旅社。

然後會花一個小時左右在城鎮裡面四處探索。

清晨的城鎮雖然安靜，但絕非沒有動靜。在大型商會的後門、冒險者公會的前面，以及城鎮的入口這些地點，有不少人雖然一臉睡意但也已經開始行動。

基列奴來到城鎮的入口附近時，正好有一團冒險者回到鎮上。

人員總共有二十多名，排場盛大，想必是有名的集團。

在他們身後有一台由健壯馬匹牽引的大貨車，載在上面的是巨大的牛型魔物。

恐怕是城鎮附近出現了突然變異的魔物，所以有名的集團才會前去討伐。或許是因為這份委託花上了幾天時間，回到鎮上的冒險者們明顯掛著疲累的神色。

基列奴稍微看了他們一陣子，最後就像是失去興趣似的轉身離開。

後來，她繞了鎮上一圈回到旅社，在庭園前面開始練劍。

把所有的型練過一次，接著揮劍。這套訓練過程沒有特別新穎的動作，基列奴在這幾十年間總是每日不斷地這麼練習。

因為當初還是劍王的加爾．法利昂這麼命令她，所以就算去了劍之聖地，成為冒險者，被艾莉絲和紹羅斯收留，成為保鏢兼劍術老師，在轉移事件被彈飛到紛爭地帶，在菲托亞領地的難民營協助阿爾馮斯，和艾莉絲重逢之後回到劍之聖地，直到成為愛麗兒護衛的現在，每天都毫不間斷地練習。

基列奴透過訓練，可以知道自己當日的體態和精神狀況。

最近的基列奴內心平靜。

一直到最近為止，她有兩件事始終掛在心上。就是保護好艾莉絲，以及幫紹羅斯報仇。

而其中一件事已經了結。

她順利地將艾莉絲送回魯迪烏斯身邊，完成了任務。

再來，她該做的事情只有一件。就剩唯一的一件事。

基列奴喜歡這樣的狀況。因為沒有比這更單純、更好懂，更能讓她發揮全力的狀況。

而且，為了達成這個目的的路也準備好了。魯迪烏斯把自己引介給愛麗兒，而那位愛麗兒理解基列奴想做的事情，約好會幫她完成這個願望。

事情總算變簡單了。

再來只要等待時機，衝過去把敵人斬殺即可。

正因如此，基列奴才會過著平靜的每一天。

當天晚上，基列奴來到了在魔法都市夏利亞多不勝數的其中一間酒館。

在充滿喧囂的酒館裡面，唯獨她的周圍分外安靜。

有著棕色皮膚，虎背熊腰的獸族女性。儘管有些年紀，但從旁人眼光看來肯定是個美女。儘管如此，卻沒有任何人打算接近她。

這是因為從她身上散發著一股危險氛圍，會讓人想起「狂劍王」的名號。

有關狂劍王的傳聞不絕於耳。

只要她看不順眼，不論是誰一律揍飛砍倒。她不講道理，沒得商量。光是眼神交會，或是她因某事心情不佳就會上前找碴，是非常有本事的劍士。

旁人恐懼著那種未知的存在，讓她得以遠離塵囂。

儘管她是狂劍王的師傅，並非狂劍王本人，但她坐在櫃檯角落，靜靜獨酌的模樣散發出一股奇妙的魄力，更增添了這個傳言的可信度。

當然，只是周遭人士擅自這麼感覺，基列奴本身只是在等飯菜上桌。

基列奴得到情報。今天早上有巨大魔物運到鎮上，而切下來的肉會送到這間店，製成大份量的排餐給客人享用。

因此，基列奴的視線緊盯廚房，動了動鼻子聞著香噴噴的烤肉味，嘴巴幾乎要流出口水，迫不及待地等著那一瞬間到來。

此時，有名新的客人出現在酒館。

隨著門鈴的樂音出現的，是個有著一頭豪華金髮的長耳族。她臉蛋標緻，還有除了胸部以外堪稱完美的誘人肉體。然而從那苗條的外表，完全無法想像她的肚子已經高高隆起。她是個孕婦。

在酒館的好幾個人一看到這位女性，就開心地上前向她搭話。

「嗨，好久不見啦。妳現在不釣男人了嗎？」

「聽說妳結婚了啊。過來這邊一起喝啊。」

她一邊在酒館之中移動，一邊愉快地應付這些問候。

她往酒館角落走去，一路移動到櫃檯的最裡側，在誰都不敢靠近的座位旁邊坐下。

周圍立刻倒吸一口氣。

「嗨～基列奴。讓妳久等了。」

她——艾莉娜麗潔，以開朗的聲調向坐在櫃檯角落的獸族女性搭話。

「太慢了。」

基列奴以平淡語氣陳述事實。

「這也沒辦法啊，畢竟我懷有身孕嘛……」

「等等！」

聽到基列奴銳利的聲音，艾莉娜麗潔沒有繼續說下去。

她一瞬間還沒搞清楚狀況，身體僵住不動，就在此時，店長正好從廚房那邊探頭，手上還拿著巨大的木盤。

店長毫不遲疑地走向基列奴和艾莉娜麗潔，並在她們眼前重重把盤子放下。

「放在這裡可以吧？」

木盤上有加熱過的鐵板，放在上面的巨大肉排發出熱騰騰的聲音以及熱氣。副餐的薯類和烤蔬菜色彩鮮明更是促進了食欲。

「嗯。」

基列奴絲毫不看店長一眼，只是一邊盯著肉塊一邊點頭。

「好啦，請慢用。」

「啊，請給我水和小菜。」

「沒問題。」

艾莉娜麗潔向正要回到廚房的店長點餐。

「啊——不過還真的很累呢。雖然我已經懷過好幾次身孕，但這種事果然很辛苦。」

「嗯。」

「不過是為什麼呢？明明經歷過好幾次了，我卻不會覺得討厭。」

「嗯。」

「妳就快到發情期了吧？也差不多該找個對象嘍。不然就讓我幫妳安排吧。」

「嗯。」

基列奴的視線完全沒有朝向艾莉娜麗潔。她只是拿著刀叉注視著冒出熱氣的肉塊。而且嘴邊還不斷流下口水。

「……真是的，妳不需要等我的料理上桌，妳就先開動吧。」

「可以嗎？」

「當然，要是涼了就不好吃了。」

「肉就算涼了也好吃。」

基列奴雖然嘴上那麼說，但還是按照艾莉娜麗潔的意思，開始吃起那厚實巨大的肉塊。

肉塊雖然約為三分熟，但中心部分也有確實烤到，以新鮮的肉來說恰到好處。

用刀子切開送到嘴裡，可以感覺到醬料的刺激風味去除了肉的腥味，進化為芳香的味道。

因為是三分熟，肉質多少有些軟嫩，但吃起來非常有嚼勁。在嘴裡用力咬爛之後，肉汁就會慢慢溢出，擴散到整個嘴裡。

實在是最棒的享受。

基列奴全神貫注地切著肉塊並送入口中。把整個嘴巴塞好塞滿，咀嚼、吞下，然後再吃下一塊肉。

她一直不發一語。完全無視艾莉娜麗潔的存在。

艾莉娜麗潔看到她的態度卻沒有生氣，只是用手托住下巴看著她。

「好吃嗎？」

「……嗯。」

「那麼我選這間店是對的呢。」

老實說，提供這塊牛排的情報給基列奴的人，正是艾莉娜麗潔。

由於好不容易才能重逢，她想說要稍微聊一下，所以約基列奴一起共進晚餐。

而她所選的這間店，完全符合基列奴的喜好。

「久等了。」

當基列奴把肉吃掉一半的時候，艾莉娜麗潔的水和小菜這才上桌。

「……真難得。妳不喝嗎？」

或許是由於空腹狀態獲得某種程度緩解讓她恢復理智，基列奴抬頭一看，總算發現艾莉娜麗潔點的是水。

「不管是為了慶祝我們重逢而乾杯，還是為了待會兒要聊的悲傷話題，酒都是有所必要，但畢竟現在的我有了這個嘛。」

「這樣啊。」

艾莉娜麗潔一邊說著一邊輕輕拍打腹部，基列奴也沒要求她喝。

「我前陣子打算喝酒的時候，也是被希露菲阻止了喔。她就像是在吼小孩子一樣對著我說『不可以喔！』。」

艾莉娜麗潔以陶醉的神情撫摸肚子。

看到她的表情，基列奴一臉詫異。

「我是有聽說妳和人建立了家庭，但沒想到妳會對一個人這麼死心塌地。」

「我自己也覺得有點意外。但克里夫可是很出色喔。雖然他有點不知變通，也不願聽別人說話，可是他有主見，對自己也有很強的責任感。在性事那方面也非常拚命，不只是會讓自己舒服，也會為了讓我能夠樂在其中而很拚命地動喔。他實在是好可愛好可愛……基列奴也應該要快點找到一個好對象！」

「我不用。」

儘管艾莉娜麗潔拚命放閃，基列奴卻表現得很平淡。

她已經放棄讓自己身為女人而活，打算貫徹身為劍士的生存之道。

「好吧，我也不打算勉強妳。不過比起那件事……」

此時，艾莉娜麗潔拿著裝水的杯子靠近基列奴。

基列奴也把刀放下，拿起酒杯。

「敬與老友久別重逢。」

「嗯，乾杯。」

基列奴和艾莉娜麗潔杯子互碰。

悅耳的聲響響起。

艾莉娜麗潔和基列奴。

前「黑狼之牙」的成員在此重逢。

「要是塔爾韓德和基斯也在這裡就好了……」

「……還有保羅和塞妮絲也是。」

兩人這樣說完，原本開心的聚會瞬間變得悲從中來。

然而，艾莉娜麗潔原先就是為了說這事而來。

「保羅……真遺憾呢。原本先死的人應該是我才對……」

「那傢伙活得太倉促了。我從以前就覺得他會早死。」

「嗯，我記得妳以前好像就說過這種話。」

「這句話是妳說的。」

「是這樣嗎？」

「嗯……聽到那傢伙的死訊，我並不覺得不可思議。」

「保羅他死得很了不起喔……妳要聽嗎？」

「告訴我吧。」

艾莉娜麗潔按照基列奴的要求，敘述保羅死前最後的模樣。

因為轉移事件造成妻離子散，他到處拚命尋找。那個花花公子的保羅竟然不甩女人，為了塞妮絲守護貞節。和魯迪烏斯重逢之後，他們兩個人之間的對話。保羅開心地說話的表情。然後是為了保護魯迪烏斯而死，保羅人生的最後一幕。

「是嗎，那傢伙也變了啊。和當初跟妳一起耍寶的時候完全判若兩人。」

「哎呀，最笨的人是基列奴吧？我還記得妳看到保羅就會搖尾巴的那個時期喔。」

「那是因為發情期一時鬼迷心竅。還有我不是亞德路迪亞族。就算開心也不會搖尾巴。」

「我這是比喻，比喻啦。」

「哼。」

「可是，當時的基列奴很可愛喔。妳動不動就會在意保羅……」

「那是以前的事了。給我忘掉。」

艾莉娜麗潔莞爾一笑，把偏甜的小菜放進嘴裡。

她咀嚼硬梆梆的肉塊，接著再一口吞下。

看到她享用餐點的模樣，基列奴也點了相同的料理。

「啊，妳點別的，我們兩個人一起平分吧。」

艾莉娜麗潔把自己的盤子推給基列奴。

兩個人交互吃著一樣的餐點。咀嚼食物的聲音暫時支配了兩個人的空間。

「對我來說，塞妮絲的事比保羅更讓我震驚。」

當盤子空無一物的時候，基列奴喃喃說道。

「我實在沒有想到，那個塞妮絲竟然會變成那樣。」

「是啊。」

「……」

「不過這也沒辦法，畢竟她也是冒險者嘛。還留有一條命已經算是賺到了。況且魯迪烏斯也在尋找治療方法，說不定她會恢復原狀。」

「是嗎？」

「不過，她還是會變老的。」

基列奴哼笑一聲，將酒一飲而盡。

「到時候，希望能再一起喝上一杯。」

「是啊。到時候也叫上基斯和塔爾韓德，一起熱鬧一下吧。」

「他們倆現在怎麼了？」

「噢，塔爾韓德在隊伍解散之後——」

後來，她們兩個人聊了許多。

隊伍解散之後的事情。轉移事件發生之後的事情。和魯迪烏斯相遇時的事情。

不僅如此，也聊了她們冒險者時期的往事。

為了尋找傳說中的聖劍而潛入遺跡時的事情。基斯把錢拿去賭博輸得精光，被隊伍所有人恐嚇時的事情。基列奴遇上發情期，保羅趁機襲擊她時的事情。艾莉娜麗潔也趁亂溜了進來，三個人一起度過短暫的糜爛生活的事情。

基本上都是會讓人面紅耳赤的害羞記憶。但如今卻已成了令人懷念，撼動內心的回憶。

在艾莉娜麗潔瞇起眼睛聊著這些的時候，基列奴在不知不覺間已經喝得爛醉，她用手撐著臉，表情一臉茫然。

「哎呀哎呀，妳難得醉成這樣呢，回得了房間嗎？」

「不要緊。因為會襲擊我的色狼，已經不在了。」

基列奴這樣回應後轉頭望去。那群血氣方剛的冒險者收到基列奴的視線後馬上把臉轉開。

「早知道，應該要接受菲利普大人的邀請才對。」

「菲利普？噢，妳說菲托亞領地的？」

「嗯，他曾經有一次問我願不願意成為他的小妾。」

「哎～呀哎呀哎呀，那真是太可惜了。要是同意的話妳就釣到金龜婿了呢。」

基列奴寂寞地笑了一聲，回應艾莉娜麗潔的揶揄。

「因為這樣我就沒臉面對艾莉絲大小姐了。」

「想不到妳居然會說沒臉面對這種話，真讓我驚訝……哎呀？」

艾莉娜麗潔邊說著邊看著基列奴，歪了歪頭表示不解。

基列奴眼神堅定，那是帶有殺氣的眼神。

「菲利普大人已經死了。他沒有從轉移事件中活下來。我埋葬了他的屍體，殺了他的人也被我殺了。」

「……哎呀，是這樣啊。那真是令人遺憾。」

「艾莉絲大小姐已經嫁給魯迪烏斯……」

基列奴用凶狠的眼神盯著天花板。

「再來，就只剩幫紹羅斯大人報仇。」

酒館內的幾名客人察覺到基列奴的殺氣，感受到生命危險。

然而，艾莉娜麗潔卻絲毫不為所動。她知道眼前這個女人是個會突然釋放殺氣，冷不防就砍了某人的人物。而且，她也知道自己不會被砍。

「妳就是為了那個目的，才成為那位公主殿下的護衛對吧。」

「嗯。」

艾莉娜麗潔嘆了一口氣，同樣仰望天花板。

「基列奴，妳也變了呢。以前妳這個女人啊，可不是那種忠心耿耿的騎士喔。」

聽到這句話後，基列奴突然停止動作，看著酒杯。

琥珀色的酒。倒映在上面的，是自己的臉。

她馬上就釐出結論。

「……這表示，我也是德路迪亞族。」

基列奴那樣說完，就挺起身子。

她以穩健的腳步離開椅子，完全不像喝個爛醉的人。

「妳要去哪？」

「回去。」

「哎呀哎呀，妳還是一樣這麼突然。」

艾莉娜麗潔聳了聳肩，並跟著起身。接著她從懷中取出銀幣放在櫃檯。

「基列奴！」

結完帳的艾莉娜麗潔叫住幾乎要消失在夜晚道路之中的基列奴。

基列奴轉身回頭，抖了一下耳朵。

「替我在阿斯拉王國好好保護魯迪烏斯和希露菲！因為他們兩個都是我可愛的孫子！」

「……交給我吧。」

基列奴豎起尾巴做出回應。

艾莉娜麗潔往基列奴住的旅社相反方向踏出腳步，走回有克里夫等著的自宅。

基列奴目送她離開之後，「哼」了一聲。

該做的事情又增加了。

然而，那並不是該做的事情，而是不用旁人提醒，也會自動自發去做的事。

「……我也變聰明了啊。」

基列奴對能夠有這種想法的自己感到滿意，心情大好地走回自己住的旅社。

外掛級補師勇闖異世界迷宮！ 1~2 待續

作者：dy冷凍　插畫：Mika Pikazo

接替遭逮捕的艾咪而加入努的攻略團隊的新人
居然是……冒險者公會的公會長！

艾咪遭到逮捕，這對夢想提昇補師地位的努來說，前途更形艱難。然而，冒險者公會沒有對他見死不救。加入努團隊的新成員，居然是身為神龍人的公會長。他們會如何靈活運用這個實力強大，卻又有失控危險的神龍人生力軍呢？

各 **NT$200~220/HK$65~73**

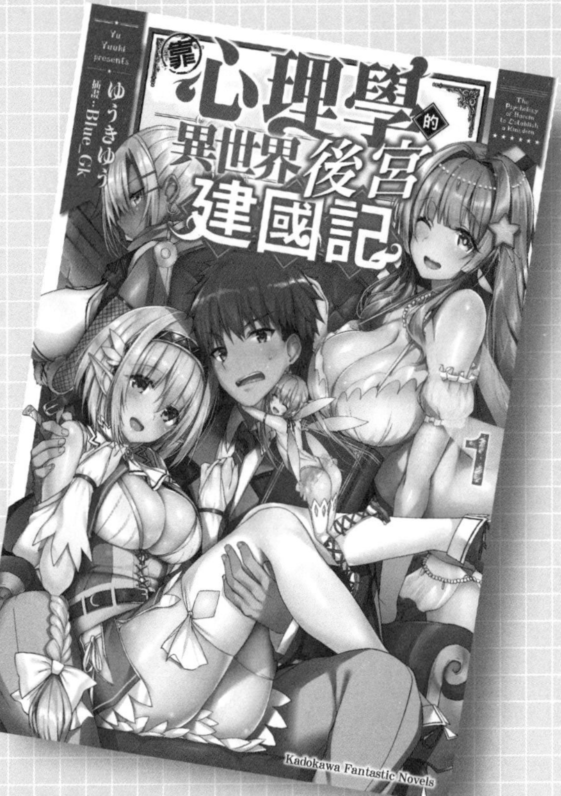

靠心理學的異世界後宮建國記 1 待續

Kadokawa Fantastic Novels

作者：ゆうきゆう　插畫：Blue_Gk

只要讀了這本書，戀愛將會易如反掌！
心理學輕小說原著經典暨巔峰傑作登場！

難波心太是個雖然非常喜歡女生，卻懷有女性恐懼症（兼溝通障礙）的高中男生。他在一次意外中來到異世界，睜開眼睛時發現自己身上只有一本心理學書籍。心太將那本書鉅細靡遺地熟讀，並發誓要靠心理學知識在這個世界活下去，但是——？

NT$240/HK$80

國家圖書館出版品預行編目資料

無職轉生 : 到了異世界就拿出真本事 / 理不尽な孫の手作 ; 陳柏伸譯. -- 初版. -- 臺北市 : 臺灣角川, 2019.04-
冊 ; 公分
譯自 : 無職転生 : 異世界行ったら本気だす
ISBN 978-957-564-849-7(第14冊 : 平裝). --
ISBN 978-957-743-145-5(第15冊 : 平裝). --
ISBN 978-957-743-348-0(第16冊 : 平裝)

861.57 108001917

Kadokawa Fantastic Novels

無職轉生～到了異世界就拿出真本事～ 16

（原著名：無職転生～異世界行ったら本気だす～ 16）

2019年11月25日　初版第1刷發行
2024年4月12日　初版第8刷發行

作　　者：理不尽な孫の手
插　　畫：シロタカ
譯　　者：陳柏伸

發 行 人：台灣角川股份有限公司
總　　監：呂慧君
總 編 輯：蔡佩芬、朱哲成
設計指導：陳晞叡
印　　務：李明修（主任）、張加恩（主任）、張凱棋

發 行 所：台灣角川股份有限公司
地　　址：104台北市中山區松江路223號3樓
電　　話：（02）2515-3000
傳　　真：（02）2515-0033
網　　址：www.kadokawa.com.tw
劃撥帳戶：台灣角川股份有限公司
劃撥帳號：19487412
法律顧問：有澤法律事務所
製　　版：巨茂科技印刷有限公司
I S B N：978-957-743-348-0